**Impressum:**

| | |
|---|---|
| **Autor:** | © 2025 Siegfried Klock |
| | sielok@web.de |
| | www.siegfriedklock.de |

**Bildrechte:**

Alle Bildrechte dieses Buches liegen beim Autor

| | |
|---|---|
| **Fotos:** | <u>Sabrina Nikolic</u> |
| **Zeichnungen:** | Stefan Bents |
| | Silke Arends |

**Coverzeichnungen:** Siegfried Klock

**Satz und Gestaltung:**

Reepsholter Verlag
Henning H. Hinrichs
Langstraßer Weg 8
26 446 Reepsholt
reepsholterverlag@web.de
1. Auflage 2025

| | |
|---|---|
| **Lektorat:** | Sabine Ehrenberg |
| **Verlag:** | BoD · Books on Demand GmbH, Überseering 33, 22297 Hamburg, bod@bod.de |
| **Druck:** | Libri Plureos GmbH, Friedensallee 273, 22763 Hamburg |
| **ISBN:** | **978-3-8192-0775-4** |

# Altstadtkrimi Leer

## Wolffs Glück

Siegfried Klock

# Inhalt

## Liebe Freunde des Ostfrieslandkrimis und der Altstadt Leer

Mit meinem ersten Altstadtkrimi Leer habe ich Ende 2024 eine völlig neue Bühne für meine Krimis betreten, mit historischen Hintergründen in Kombination mit fiktiven Geschichten.

Der erste Band, „Das Geheimnis der ostfriesischen Knüppeltorte", zog so viele positive Resonanzen, freundliche Rückmeldungen und Bewertungen bei Facebook, WhatsApp, in den Verkäufen und bei mir persönlich nach sich, dass ich mich sehr schnell entschloss, den zweiten Band im neuen Jahr zeitnah fertigzustellen.

Ganz besonders freue mich über die neue und reale Location in diesem Krimi, der Weingroßhandlung Wein Wolff aus der Altstadt Leer, die in diesem neuen Krimi ein wichtiger Ermittlungsort der Leeraner Kriminalpolizei um die Kriminalrätin Maria Rossi und Kriminalhauptkommissar Okko Bruns mit seinem Team wird.

Ich bedanke mich hier schon mal vorab für die freundliche Unterstützung des gesamten Teams um das Haus Wolff und ganz speziell bei Jan Wolff und Hans-Hermann Böse, die mich bei allen Fragen und historischen Hintergründen zum Weinhaus und seiner Geschichte unterstützt haben. Ein besonderer Dank gilt Stefan Mennenga für die Kreation des Likörs „Wolffs Glück".

Auch in diesem Altstadtkrimi wird wieder Historie aus Ostfriesland, eine fiktive spannende Geschichte sowie ein kulinarischer Leckerbissen aus unserer wunderschönen Heimat gemischt, um die Leserinnen und Leser auf eine winzige ostfriesische Reise mitzunehmen. Zu einigen real existenten Plätzen, Bauwerken und historischen Ereignissen gibt es im Anhang Erläuterungen. So dient auch dieser Krimi als Empfehlung für Interessierte, sich mit der Geschichte und den regionalen Begebenheiten zu beschäftigen.

Die kriminellen Handlungen sind natürlich wieder frei erfunden, nicht aber einige Personen aus meinem Bekannten- und Freundeskreis, deren Erlaubnis ich mir selbstverständlich eingeholt habe, wenn ich sie mit ihrem echten Namen hier als Protagonisten verwenden durfte. Die Weingroßhandlung Wein Wolff und auch Jimmy's Altstadt Café existieren real, alle Geschehnisse rund um diese Locations sind aber reine Fantasie. Und wieder stelle ich am Ende des Buches ein Rezept zum Nachmachen bereit: Die kulinarische ostfriesische Spezialität, den Speckendicken.

Ich wünsche euch nun ganz viel Spaß und Spannung bei diesem zweiten Band des Altstadtkrimis Leer, mit dem Titel „Wolffs Glück". Ich bedanke mich hiermit noch mal bei allen, die es mir ermöglicht haben, weiterzuschreiben, soll heißen: In erster Linie natürlich bei euch, denn ihr seid mein Publikum!

Herzlichst
euer Siegfried Klock (Siefke)

# Prolog

Der erste Schnee war gerade gefallen, die Straße nach Leerort ganz in weiß, und für Ostfriesland war das auch im Dezember doch etwas ungewöhnlich, meist lag zu dieser Jahreszeit noch kein Schnee. Der schwarze VW Eos bog in den kleinen Ort ein und bewegte sich ganz langsam in Richtung des ehemaligen Fähranlegers. Der Fahrer blieb auf dem Parkplatz am Deichtor stehen, stellte den Motor ab und die Lichter aus, verblieb aber im Fahrzeug. Fünf Minuten später erleuchteten Scheinwerfer den Parkplatz und ein blauer „Hummer" stellte sich neben den VW Eos. Auch dieser Fahrer stellte Motor ab und Abblendlicht aus und verblieb zunächst im Fahrzeug. Es dauerte nicht lange, beide Fahrer stiegen gleichzeitig aus, fielen sich wie Süchtige in die Arme und küssten sich leidenschaftlich. Nach dem ersten Anflug eines unendlichen Kuss-Marathons stiegen beide die naheliegenden Deichstufen hinauf und bewegten sich in Richtung der Überreste der alten Festung Leerort.[1]

Immer wieder nahmen sich beide in den Arm und küssten sich leidenschaftlich. Sie schauten sich zwischenzeitlich nach allen Seiten um und fielen sich im nächsten Moment wieder in die Arme. Dabei bemerkten beide nicht, dass sie schon von

---

[1] Wissenswertes zu Leerort, Anhang Seite 234

ihrer Ankunft an beobachtet wurden. Zwei Augen, die genau das sahen, was sie nicht sehen sollten oder auch wollten. Mittlerweile hatte der Schnee nachgelassen, der Himmel hellte auf und das Paar verschwand nach der Rückkehr vom Deich im Hummer. „Ich will dich spüren, nimm mich endlich", hauchte sie ihrem Gegenüber ins Ohr und nestelte am Gürtel seiner Hose. „Ja, doch, ja, ich möchte das doch auch, aber wer weiß, ob uns hier jemand sieht, wir müssen ein bissel vorsichtig sein", stöhnte er, als ihre Hand in seiner Hose verschwand. „Nun sei mal nicht so ängstlich, manno, hier ist doch keiner, fass mich endlich an, ich möchte das du mich streichelst und dann will ich dich in mir spüren, komm schon", sie stöhnte nun auch leise als er ihr den BH öffnete und sie zärtlich berührte. „Guter Sex auf dem Rücksitz in einem Auto ist echt Leistungssport", dachte er noch so bei sich und schob mit schnellen Fingern ihren halblangen Rock hoch. Sie trug wieder kein Höschen, so drang er schnell mit einem lustvollen Aufschrei ein. Sie klammerte sich um seine Beine und genoss jeden Moment mit lustvollen Seufzern. Die Scheiben des Fahrzeugs beschlugen mehr und mehr und nur die rhythmischen Bewegungen der Stoßdämpfer deuteten auf das Geschehen im Wagen hin. Nach etwa zehn Minuten wurde es deutlich ruhiger, das Fahrzeug bewegte sich nicht mehr. „Boah, das war echt schön, okay, wann sehen wir uns wieder?" fragte sie ungeduldig und noch völlig außer Atem. „Ich weiß es noch nicht, ich möchte, dass du nun zuerst fährst, ich bleibe noch einen Moment, mein Auto ist zu auffällig. Einen Hummer fährt hier nicht jeder. Pass auf, ich versuche am Montag gegen Abend eine Stunde Luft zu bekommen, dann treffen wir uns wieder hier. Ich schreibe dir, wann ich kann", er streichelte ihr Gesicht und gab ihr einen langen innigen Kuss. „Nun ist aber gut, Mann, ich bekomme ja fast keine Luft mehr", drückte sie ihn von sich und zog sich hastig wieder an. „Komisch, vorhin waren dir die Küsse nicht lang genug, nun drückst du mich weg", wunderte er sich über ihre abweisende Haltung. „Na, Lust gestillt, nicht mehr gewillt", lachte sie und kniff ihn in den Oberarm. „Ach so, ich dachte, es ist schon mehr zwischen uns, dachte, da sind echte Gefühle", entgegnete er fast ein wenig traurig. „Zum Denken sind wir nicht hier, wir haben schönen Sex, dann brennen wir und das ist es aber auch", erwiderte sie etwas ruppig. „Du bist echt kalt in deiner Art, ein gefühlskalter Mensch, manchmal schüttelt es mich, wenn ich dich reden höre", auch er zog sich nun hastig an. „Bis jetzt hat sich noch keiner beschwert, also ich kenne jedenfalls keinen", lachte sie nun frech. „Sag mal, wie viele Männer gibt es eigentlich gerade in deinem Leben und mit wem teile ich dich eigentlich noch, außer mit deinem Gatten?" wurde er nun ein wenig lauter. „Du teilst mich mit niemandem, du nimmst einen kleinen Teil in meinem Leben ein, das sollte genügen, wir haben nie von Partnerschaft gesprochen", antwortete sie fast kühl und energisch. „Okay, dann war das für mich heute das letzte Mal, ich will das so nicht mehr. Nur Sex, null Gefühl oder nur Gefühl, wenn die Lust dich treibt, da habe ich keinen Bock drauf", er öffnete ihr die Beifahrertür hinten und zeigte mit dem Finger nach draußen. „Du weißt echt nicht, was dir dann alles entgeht, ich hatte eigentlich noch mehr mit dir vor. Vielleicht mal ein nettes Fesselspiel, aber okay, dann eben nicht", sie verließ hastig das Fahrzeug, drehte sich noch mal um und schickte ihm einen Luftkuss mit einem lächelnden Augenzwinkern. Zwei Minuten später war sie weg.

Er blieb noch eine Weile dort und dachte nach, ließ die letzte Zeit gedanklich noch mal Revue passieren. Warum war er nur so blauäugig gewesen? Vor sechs Wochen hatte er sie auf einer Veranstaltung kennengelernt, schon am selben Abend das erste Mal mit ihr geschlafen und danach wöchentlich mindestens einmal. Jedes Mal war es ein Traum gewesen, jedes Mal eine absolute Ekstase. Sie war so besessen von seiner, zugegeben, gut gebauten Männlichkeit. Und sie war eine Meisterin der Verführung, manchmal ganz zärtlich, manchmal auch wild und ruppig, aber immer neu und nie langweilig. Nun, er hatte sich mittlerweile in sie verliebt, wollte das nicht, aber es war geschehen.

Heute wollte er ihr eigentlich sagen, wie sehr er sich in sie verliebt hatte. Das war gerade Geschichte geworden, er war echt enttäuscht, traurig und down. Nie zuvor hatte er eine Frau wie diese kennengelernt. Im Fahrzeug wurde es nun aber zunehmend kälter und er beschloss, nach Hause zu fahren. Er wollte den Motor gerade starten, als seine Fahrertür plötzlich aufgerissen wurde. Er versuchte noch die Tür wieder zu schließen und zu verriegeln, aber es war zu spät. Große Hände zogen ihn gewaltsam aus dem Auto und stießen ihn zu Boden. Er sah in die hasserfüllten Augen seines Gegenüber, sein kommendes Schicksal. Sein ganzer Körper zitterte. Geistesgegenwärtig trat er mit beiden Füßen gegen die Beine des anderen, richtete sich auf und rannte in Richtung der alten Festung. Sein Peiniger verfolgte ihn mit schnellen Schritten. Er rannte weiter, über den Deich zur alten Festung, über den Zaun und Richtung Emsufer. Genau da stellte ihn sein Verfolger und stieß ihn wieder zu Boden. „Was willst du von mir, wer bist du, was habe ich dir getan?" stotterte er vor Angst. „Ich will dich, dich hier und jetzt...töten", entgegnete sein Peiniger.

## Schwanger, und nun?...

Lana Booken riss die Tür zur Toilette auf und starrte, wie von einer Tarantel gestochen, in Lennerts Gesicht. „Lennert, ich...ich...ich wollte es dir doch sagen, ich wollte es dir sofort sagen, aber du bist ja so zur Toilette durchmarschiert, ich weiß es doch selber erst seit gerade eben", begann Lana bitterlich zu weinen. „He, he, nun beruhige dich mal wieder, Lana, ich bin doch nicht schockiert, sondern nur mächtig überrascht", versuchte Lennert Jakobs sie zu beruhigen. Lennert zog sich hastig seine Hose hoch, spülte sich die Hände ab und nahm Lana in den Arm. Er drückte sie an sich und gab ihr einen innigen Kuss. „Dass ich so schnell Vater werde! Na, ich bin doch auf eine Nachricht wie diese nicht vorbereitet. Gib mir einfach einen Moment, damit ich es sacken lassen kann", Lennert streichelte Lanas Gesicht. Die beiden Leeraner Oberkommissare, die sich schon ewig kannten und ganz plötzlich starke Gefühle füreinander entwickelt hatten, waren erst seit kurzer Zeit zusammen. Lennert hatte Lana immer sehr gemocht, aber nie etwas gesagt. Lana hatte es nie in Betracht gezogen, etwas mit einem Arbeitskollegen anzufangen. Aber im Rahmen der sehr intensiven Ermittlungen um die „Ostfriesische Knüppeltorte", hatte es nach einem gemeinsamen Umtrunk plötzlich tüchtig gefunkt, und beide waren danach in einem Bett gelandet.

„Lass uns mal rechnen, ich denke, ich bin in der vierten Woche, Lennert", überlegte Lana und zählte die Wochen zurück. „Ich werde Vater...ja, ich werde Vater und bekomme meine Traumfrau noch gratis dazu", lächelte Lennert Lana verliebt an. „Na, gratis wohl eher nicht und die Frage ist ja auch, ob ich dich als Traummann überhaupt haben möchte", lächelte Lana verliebt zurück. „Dann zahl ich eben Alimente, wenn du das lieber möchtest", trotzte Lennert traurig zurück. „Mann, Lennert, ich liebe dich doch auch, aber ich bin auch ein bissel überrollt worden, geht alles wie im Eilzug", sie stupste ihn an seinen Oberarm. „Ich möchte mir nicht vorstellen, was Okko dazu sagt, er wird sich an seinem heiß geliebten Ostfriesentee dermaßen verschlucken und kurz danach platzen", lachte Lennert. „Na, dann erzählen wir ihm das, wenn er mal keinen Tee trinkt", grinste Lana zurück. „Wann bitte ist das denn, oder wann war das denn mal so?" lachte Lennert zurück. Die beiden Verliebten küssten sich zärtlich und schauten sich minutenlang an. Beide wussten, dass nun eine neue Zeit, eine neue Ära auf sie zukommen würde, aber Lana hatte irgendwie auch eine Blockade in sich. Sie konnte sie nur nicht deuten. Ihr wurde in diesem Moment aber auch bewusst, dass sie mit offizieller Bekanntgabe ihrer Schwangerschaft keinen Dienst mehr an der Waffe verrichten durfte. Ihr würde der Innendienst angeboten werden, solange sie noch konnte. „Okay, dann müssen wir morgen früh mit Okko reden, er muss Bescheid wissen", stellte Lennert nun klar. „Ja, ich weiß, mir graut ein bissel vor dem Moment. Und dann zu Maria Rossi, das wird auch noch so ein Akt, die dreht sicher völlig durch", erwiderte Lana fast ein bissel ängstlich. „Mach dir keine Sorgen, Lana, ich bin an deiner Seite, wir gehen gemeinsam hin und erklären uns. Die hat eh im Moment genug mit der Hündin ihrer Freundin zu tun, die kleine Frieda kommt ja nun jeden Donnerstag mit ins Büro", lachte Lennert und machte die Gangart seiner Chefin mit ein paar Schritten nach. Lana folgte Lennert mit ähnlicher Gangart in die Küche und beide lachten noch mal herzhaft auf. Bei einem gemütlichen Abendessen besprachen die beiden nun ihre Vorstellungen von der Zukunft, vielleicht auch ein gemeinsames Zuhause, bevor das Kind zur Welt kommen würde. Lana bekam bei diesem Gedanken allerdings ein leichtes Kribbeln im Bauch und acht Monate war nicht wirklich viel Zeit, um sich vom Single-Dasein auf ein gemeinsames Leben einzustellen.

## Meerwiefke e.V. Leer…

„Lasst uns nun abstimmen", schlug der erste Vorsitzende des eingetragenen Vereins Meerwiefke e.V. Leer[2], Hannes Druden, mit einem Faustschlag auf den Tisch vor. Die einundsiebzig anwesenden Mitglieder nickten zustimmend und warteten auf Drudens Aufruf. „Wer ist dafür, den alten Vorstand zu entlasten?" fuhr er fort. Zahlreiche Hände gin-

---

[2] Wissenswertes zu Meerwiefke, Anhang Seite 234

gen hoch. „Okay, ich zähle sechsundsechzig Stimmen, das ist eindeutig die Mehrheit. Wer ist dagegen?" fragte er weiter, „ich zähle vier Stimmen. Enthaltungen?" schaute Druden der Form halber in die Runde. Eine Hand wurde gehoben. „Damit wurde der alte Vorstand entlastet, ich möchte gleich mit der Wahl des neuen Vorstandes fortfahren", beschleunigte Druden nun den Vorgang. „Gibt es Vorschläge für den ersten Vorsitzenden?" schaute er in die Runde. „Ich bin dafür, dass der alte Vorstand ganzheitlich wiedergewählt wird", meldete sich ein Mitglied lauthals. „Gibt es weitere Vorschläge?" fragte Druden nun in die Runde. Der Saal verstummte. „Okay, dann kommen wir zur Abstimmung. Wer ist dafür, den alten Vorstand geschlossen wiederzuwählen?" Druden schaute aufmerksam um sich. „Ich zähle achtundsechzig Stimmen, wer ist dagegen?" Druden wartete ab. „Ich zähle vier Stimmen. Damit ist der Vorstand geschlossen für die nächsten zwei Jahre wiedergewählt, ich bedanke mich für euer großes Vertrauen." Druden und ein Großteil der anwesenden Mitglieder klatschten und nickten zustimmend.

Meerwiefke e. V. war 1968 von gut situierten Leeranern gegründet worden, sie hatten sich zur Aufgabe gemacht, in finanzielle Not geratene Leeraner zu unterstützen. Dabei waren die Mitglieder ausschließlich in Leer ansässig, die meisten schon durch ihre Familien nicht gerade arm, lebten aber überwiegend von regelmäßiger Arbeit, eigenen Geschäften oder Dienstleistungsunternehmen und teils auch von ihrem Erbe. Jedes Mitglied zahlte einen hohen vierstelligen Betrag pro Jahr. Sie hatten in den vergangenen Jahrzehnten unzähligen Menschen geholfen, die plötzlich in finanzielle Not gerieten. Die Unterstützung brauchte nur dann zurückgezahlt werden, wenn eine finanzielle Besserung des Unterstützten eingetreten war. Im Gegenzug verpflichteten sich die Unterstützten dann aber, bei wohltätigen Veranstaltungen, Stadtfesten oder Ausschmückungen der Stadt, Arbeitsstunden für den Verein einzubringen. Wer, wann und mit wie viel unterstützt wurde, entschied am Ende die Mehrheit auf den einberufenen „Nottafels" für die Bedürftigen, zuweilen auch dann das Los bei mehreren Anfragen. Meerwiefke e. V. war somit ein Verein, der wohl einmalig zu sein schien, ein Paradebeispiel für Solidarität und Menschlichkeit.

Hannes Druden lehnte sich zufrieden zurück, streichelte den linken Oberschenkel seiner hübschen Frau unter dem Tisch und schaute sie verliebt an. Sie erwiderte seinen verliebten Blick, zog das Bein aber weg und schubste seine Hand zurück. Druden verstand die Geste sofort und hörte augenblicklich damit auf. „Gut, ihr Lieben, einen Punkt haben wir noch: Wer von euch ist bei der Präsentation des neuen Likörs von Wein Wolff in der Altstadt dabei?"

fragte er sich umschauend. Diverse Hände erhoben sich und er zählte circa fünfzehn Mitglieder. Seine Hand blieb unten, er wusste noch nicht genau, ob er dazustoßen würde, er hatte noch etwas zu erledigen, wollte die Entscheidung noch aufschieben. „Bist du als erster Vorsitzender nicht dabei?" fragte Johann Jaspers, ein langjähriges Mitglied, fast vorwurfsvoll. „Ich kann es noch nicht genau sagen, ob ich komme, aber wenn, dann sage ich bei Wein Wolff noch Bescheid", gab Druden etwas kleinlaut zurück. „Gut, dann schließe ich hiermit die heutige Versammlung und bedanke mich bei euch allen fürs Erscheinen und Mitwirken. Lasst uns die nächsten zwei Jahre wieder genauso erfolgreich sein, Menschen in Not helfen und zusammenstehen. Ich wünsche euch ganz viel Spaß bei der Präsentation von Wein Wolff." Druden bedanke sich mit einem Solo-Klatschen und verneigte sich im Stehen vor der Versammlung. Alle Mitglieder klatschten nun laut und emotional auf.

## Mord Leerort…

„Ich liebe ja die untergehende Abendsonne hier am Deich, das hat immer so was Romantisches", lachte Ramona Zingel ihrem Mann zu und drückte ihn an sich. „Ich liebe das doch auch, ich gehe hier so gerne mit dir und Sammy spazieren", Günter Zingel zeigte auf Sammy, eine Mischung aus Labrador und ein bissel Rottweiler, der freudig an seiner Lei-

ne zog. Der Hund kannte die Strecke am Deich in Leerort, er freute sich sichtlich auf den anstehenden Spaziergang. „Was ist das denn für ein Auto da auf dem Parkplatz?" wunderte sich Ramona. „Ich glaube, das ist ein ‚Hummer', so ähnlich wie ein Jeep, nur größer und noch teuer, den habe ich schon oft in Leer gesehen", antwortete Günter.
Sammy zog ungeduldig an seiner Leine, er wollte unbedingt weitergehen. Ramona blieb noch kurz am großen Fahrzeug stehen und schaute durch die Seitenscheibe. Sie ging um das Fahrzeug herum und schaute auch auf der Beifahrerseite durch die Scheibe. Im Fahrzeug war nichts zu sehen, aber vor der hinteren Tür blitzte etwas auf dem Boden. Sammy schnüffelte daran. „Aus Sammy, weg da!" Ramona bückte sich und nahm den Gegenstand auf. „Du, hier hat jemand einen Ohrring verloren, ich glaube, der ist sehr teuer, das könnte ein Diamant sein", rief sie aufgeregt. „Zeig mal her", Günter nahm den Ohrring und begutachte ihn. „Du hast recht, billig sieht der nicht aus. Na, der ist wohl im Eifer eines Techtelmechtels verloren gegangen", lachte er Ramona zu. „Was du immer denkst, schmutzige Hintergedanken, du Schlingel", lachte Ramona zurück. „Ich nehme das mal mit, vielleicht wird er ja im Netz gesucht", so steckte Ramona den Ohrring in ihr Portemonnaie und hakte sich wieder bei Günter ein. Beide verließen den Parkplatz und spazierten auf dem Deich in Richtung Alte Fes-

tung. Kurz vor der Festung wurde Sammy plötzlich unruhig, er schnüffelte ständig am Boden, blieb stehen und lief dann ein paar Schritte weiter, blieb wieder stehen. „Sammy Mann, ich kann nicht so schnell, was ist denn los mit dir?" Der Hund zog Ramona in Richtung Deich-Vorland, Alte Festung, abwärts. Günter folgte ihr. Sammy wurde immer schneller und fing laut an zu bellen. Ramona stürzte fast, im letzten Moment konnte Günter sie noch halten. „Sammy, jetzt ist aber Schluss, hör auf, sitz", Günter wollte den Hund stoppen, aber der beschleunigte sein Tempo weiter. „Ich lass ihn von der Leine, er hat etwas gefunden." Ramona löste den Verschluss der Leine. Sammy rannte auf den Platz der alten Festung, Richtung Emsufer. Dort blieb er stehen und bellte laut. Er lief zu Ramona und Günter zurück, die noch etwas weiter entfernt waren und erst mal über einen Zaun mussten. Dann rannte er wieder zum Emsufer und bellte erneut laut auf. Völlig außer Atem kamen Ramona und Günter nach und sahen erschrocken den Grund für Sammys Aufregung. Es lag etwas, nein, jemand am Ufer, Sammy stupste mit der Nase immer wieder daran, aber er blieb regungslos liegen. „Da liegt jemand, Günter, da liegt jemand, hol Hilfe, schnell!" schrie Ramona und bückte sich über einen nassen, regungslosen Körper.

## Erstmol een Tass Tee... (Erst mal eine Tasse Tee)

„Guten Abend Herr Bruns, wieder bei der liebsten Beschäftigung? Nichts tun und Tee trinken?" belustigte sich Kriminalrätin Maria Rossi und schaute auf Hauptkommissar Okko Bruns Schreibtisch. „Ich denke doch, auch in Italien lernt man schon im frühen Kindesalter die Uhr kennen, Frau Rossi. Es ist nach siebzehn Uhr, somit Feierabend", gab Bruns, seinen geliebten Ostfriesentee schlürfend, gelassen zurück. „Ein Polizist ist immer im Dienst, das sollten Sie als langjähriger Beamter doch wohl wissen", parierte Rossi Okkos Return. „Sicher weiß ich das, aber wenn Sie irgendwann mal, und das dauert ja noch, so alt sind wie ich und die Stunden auf dem Buckel haben, die ich für diesen Staat geleis-tet habe, werden Sie auch ruhiger, da bin ich mir sicher. Und nun möchte ich gerne meine Tasse Tee in Ruhe zu Ende trinken, oder ist noch was?" versenkte Bruns nun den Matchball. „Wie auch immer Herr Bruns, morgen früh möchte ich den ab-schließenden Bericht über den Einbruch im Kiosk in der Altstadt haben. Diesmal, wenn es geht, ohne Rechtschreibfehler", schlug Rossi einen neuen Ball an. „Aber sicher doch, Frau Rossi, ich eile und verweile dann an Ihrem Bericht. Das macht sich bei einem Pressetermin auch viel besser, wenn Punkt und Komma richtig gesetzt sind, ich verstehe die Brisanz Ihrer Lage durchaus", Okko goss sich grinsend einen neuen Tee ein. Maria Rossi schaute Bruns mit einem Stierblick an und drehte sich auf der Stelle um, wie so oft. Dabei wackelte ihr Dutt auf dem Kopf wieder wie ein Pudding. Bruns kannte das mittlerweile sehr gut und wusste, dass sie nun High Voltage geladen hatte. „Ach, Frau Rossi, noch eine Frage", Okko machte sich nun einen Spaß. „Ja bitte, Herr Bruns?" Rossi drehte sich noch mal um. „Morgen ist doch Donnerstag, und da kommt doch immer die kleine, ach so süße Hündin Ihrer Freundin Mareike mit ins Büro", grinste Bruns. „Ja, natürlich, das wissen Sie doch, warum die Frage?" erwiderte Rossi erstaunt. „Na, es wäre nett, wenn Frieda diesmal nicht die Hälfte meiner Ordner anknabbert, meine Teesahne schlürft und meine Schnürsenkel zerlegt. Ich kann natürlich auch eine Rechnung bei der Direktion einreichen, im Klartext ganz kurz gesprochen: Ich will Frieda hier morgen nicht in meinem Büro sehen, INTESO?" Bruns schaute Rossi nun energisch an. „Ich glaube auch nicht, dass Frieda Ihre Anwesenheit und Nähe wünscht. Sie merkt sofort, wer sie mag und wer nicht. Sie ist ja im Gegensatz zu Ihnen sensibel und feinfühlig. Für Sie sind das ja Fremdworte, da passt wohl eher, ungehobelt und griesgrämig", wandt Rossi sich nun ab und wackelte in ihr Büro zurück. „Das bin ich aber gerne, Frau Rossi, sehr gerne!" rief Bruns ihr noch nach und lachte. Okko Bruns wollte gerade seine Jacke nehmen, als die Hauptkommissare Ilka Pommer und Peter Jensen das Büro betraten. „Welch Glanz in der Hütte, welch Überraschung, unsere beiden Leeraner Kollegen sind aus dem Urlaub und Genesung wieder da", freute Okko sich. „Ja, wir kommen Montag wieder zum Dienst Herr Bruns, ich freue mich, dass Sie hier in Leer zu gut angekommen sind", gab Ilka freundlich zurück. „Angekommen klingt gut, Frau Pommer, Ihre Chefin, also nun auch die meine, ist ja echt ein kleiner hübscher feuerspeiender Drachen. Sorry, aber ich ecke noch fast täglich an", begrüßte Bruns die beiden Kommissare. „Ja, sie kann schon sehr energisch sein Herr Bruns, aber im Kern ist sie eine Seele, glauben Sie mir", lachte Pommer zurück. „Na denn ab Montag wieder in alter Frische und übrigens, ich heiße Okko, ich mag das ‚Sie' nicht im Kollegenkreis", ergänzte Okko Bruns die Begrüßung. „Dann sind wir Peter und Ilka, wir mögen das ‚du' auch lieber", freute sich nun Peter Jensen. Die drei Beamten verließen das Büro gemeinsam. Okko wollte noch zu Jimmy's Altstadt Café auf einen Tee und lud Pommer und Jensen dazu ein. Ein gutes Stück ostfriesische Knüppeltorte dazu durfte natürlich nicht fehlen. Jimmy begrüßte die drei Polizeibeamten mit einem herzlichen „Moin!", und die drei setzten sich ans Fenster und genossen den Ausblick auf die Leeraner Altstadt, die sich von ihrer weihnachtlichen Seite zeigte. Auch Jimmy hatte die Woche zuvor draußen und drinnen geschmückt, und das Café wirkte wie ein weihnachtliches Märchenland. „Was kann ich euch drei Hübschen denn eben bringen?" fragte er die drei Beamten. „Wir hätten gerne einmal Ostfriesentee, zweimal Friesen Glimmer und drei Stück ostfriesische Knüppeltorte", antwortete Okko Bruns wie aus der Pistole geschossen. „Gerne, gerne, kommt sofort", bestätigte Jimmy die Bestellung und ging zu seiner kleinen Küche. „Sag mal Okko, habt ihr alle Umstände um die Geschichte mit der Knüppeltorte nun eigentlich geklärt, ist der Fall ganz abgeschlossen?" hakte Ilka nach. „Ja, das haben wir, am Ende war es eine Verkettung mehrerer Verbrechen, aber alle Schuldigen konnten gestellt und angeklagt werden", berichtete Okko zufrieden. „Na, dann können wir ja wieder beruhigt ein Stück Torte zu uns nehmen", antwortete Ilka und grinste Jensen und Bruns an. Noch bevor Jimmy Kuchen und Getränke an den Tisch bringen konnte, klingelte Bruns Handy. „Bruns am Feierabend, wat is all weer?" er wirkte ungehalten und verdrehte seine Augen. „Okay, Leerort, Alte Festung, Ramona und Günter Zingel, ich verstehe", Bruns notierte Ort und Namen auf einem Bierdeckel, der auf dem Tisch lag. „Ja doch, ich komme dahin, nu man nich so hektisch, dod is dod, de kann ok em wachten", fluchte er leise nach und beendete das Gespräch. „So, ihr Lieben, ich muss leider sofort nach Leerort und dort einen Tatort besichtigen, wir haben einen Toten am Deich. Das war's mit Tee und Knüppeltorte. Scheiße Mann, ich hab da keine Lust mehr zu. Hilde wartet schon zu Hause, wir wollten heute Abend mit den Kindern essen gehen und ich kann das nun alles knicken. Scheiße Mann!" Okko wurde nun echt ungehalten. „Sollen wir mitkommen?" fragte Ilka vorsichtig an. „Nee, bloß nicht, wenn davon die Rossi Wind bekommt, bin ich am Arsch. Noch krankgeschrieben oder Urlaub und dann zu einem Tatort, das lassen wir mal lieber! Montag reicht vollkommen aus", bedankte Okko sich bei den beiden und zog hastig seine Jacke über. „Jimmy, ich zahl nächstes Mal, ich muss los", verabschiedete Okko sich bei ihm. „Alles gut, bis nächstes Mal", antwortete Jimmy und winkte Okko noch zu. Im Auto versuchte Bruns, Lennert Jakobs zu erreichen, aber es nahm keiner ab. „Wo der sich nun wohl wieder rumtreibt?" dachte er noch so bei sich, als sein Handy abermals klingelte. „Bruns, wer da?" zischte er knapp ins Handy. „Hallo Okko, ich bin's, Lana. Was ist los, du hast versucht, Lennert zu erreichen?" fragte sie nach. „Woher weißt du das denn, sitzt der bei dir auf dem Schoß oder wat?" gab er knapp zurück. „Ja, der ist hier Okko, aber gerade einkaufen, ist 'ne lange Geschichte, Okko, erzähl ich dir", antwortete Lana kleinlaut. „Ja man dunner ne mol, wat macht der olle Frauenrock bei dir?" bohrte

Okko weiter. „Er hat mir geholfen einzukaufen. Sei mal nicht so ungeduldig, ich erzähl dir das alles", versuchte Lana, ihn zu beruhigen. „Okay, dann schwing deinen zarten Popo ins Auto und komm mit Lennert zur alten Festung Leerort, wir haben einen Toten am Ufer, ich muss da sofort hin", befahl er Lana. „Alles klar, wir sind gleich unterwegs. Und noch einmal ‚zarter Popo' und du hast echt ein Problem, Okko Bruns!" wies sie so ihren Vorgesetzten zurecht. „Nu mal nich so feinfühlig, ist ja gut, ich sage es nicht wieder", entschuldigte Bruns sich brav. „Das will ich auch gemeint haben, okay, bis gleich." Lana legte auf und lief ins Wohnzimmer, wo Lennert gerade gemütlich seine Serie schaute. „Lennert, wir müssen zur alten Festung nach Leerort, dort gibt es einen Toten, Okko ist schon auf dem Weg. Komm jetzt, Serie ist heute Abend wieder", drängelte Lana. „Alles klar, ich bin so fertig!" Lennert sprang in seine Jacke und folgte Lana zum Auto.

## Wolffs Glück…

„Stellst du mir bitte die Flaschen in den Verkaufsraum? Dann kann ich anfangen zu dekorieren", Jessica Brinkmann nahm den ersten Karton schon aus dem Lager mit. „Na klar, ich bring dir gleich vier Kisten nach vorne", antwortete einer der Lagerarbeiter und nickte Jessica freundlich zu. Jessica arbeitete mit ihren 49 Jahren nun schon sieben Jahre bei Wein Wolff in der Altstadt in Leer[3]. Sie war eine begeisterte „Wölffin", also Mitarbeiterin dort und in arbeitsintensiven Zeiten ein absoluter Allrounder. Liebevoll dekorierte sie das linke Schaufenster mit

dem „Wolffs Glück", einer neuen Kreation des Unternehmens. Der Wolffs Glück, ein brandneuer Likör, im Haus entwickelt und produziert, hatte als

---

[3] Wissenswertes über Weingroßhandlung Wein Wolff, Anhang Seite 235

Hauptbestandteile Jamaika-Rum, einen Früchte-mix aus Kirschen, Heidelbeeren, Himbeeren und Apfel, dazu abgerundet Vanille und Kirschwasser. In jeder Flasche thronte eine echte Vanillestange als Highlight, somit ein absolut rundes fruchtiges Getränk, gerade auch für die Festtage.

Am folgenden Tag sollte eine Delegation des Meerwiefke e. V. kommen, und ihnen das neue Getränk vorgestellt werden. Die Mitarbeiter von Wolff arbeiteten seit Tagen ununterbrochen für dieses Event. Die durchaus solventen und über-wiegend stadtbekannten Mitglieder von Meer-wiefke e. V., sollten eine gelungene Präsentation und ein tolles tasting bekommen, und dann natür-lich auch Mundpropaganda für das absolut neue Getränk machen. Jessica dekorierte Weihnachts-kugeln, einen Weihnachtsmann, viel Kunstschnee und somit eine kleine Winterlandschaft im Schau-fenster. Lichterketten rundeten das Gesamtbild ab. Sie freute sich über das Ergebnis und kontrollierte von außen noch mal das Ensemble im Fenster. Zufrieden ging sie wieder an ihren eigentlichen Arbeitsplatz, der hauptsächlich Bestellung, Logistik und Abrechnung umfasste.

„Wie sieht es aus, Frau Brinkmann, haben Sie das Schaufenster fertig?" fragte Hans-Hermann Böse, Prokurist und Einkäufer von Wein Wolff und betrat Jessicas Büro. „Ja, klar, Herr Böse, alles fertig, ich glaube, es sieht sehr schön aus, schauen Sie mal eben", antwortete Jessica freundlich. Böse war ein stattlicher Mann von weit über einem Meter neunzig, seine stetige Freundlichkeit und sein großes Engagement für Wein Wolff eilten ihm als Ruf voraus. Er war nun über fünfunddreißig Jahre in diesem Unternehmen und der zweite Mann hinter dem Chef des Ganzen, Jan Wolff. Also auch ein echter „Wolff". Gerade das Bekenntnis zu ostfriesischen Traditionen, den Gebräuchen und vielen historischen und regionalen Spirituosen waren hier in jedem Regal sichtbar. Böse ging in den Verkaufsraum, schaute sich die Dekoration von innen und dann von außen an. Überaus zufrieden kehrte er zu Jessica zurück und klopfte ihr freundschaftlich auf die Schulter. „Klasse gemacht, Frau Brinkmann, echt klasse, so kann unser neuer Likör Wolffs Glück zu Weihnachten super präsentiert werden, ich bin schwer begeistert", Böse klopfte Jessica noch mal auf die Schulter und ging zurück in sein Büro. Jessica grinste ihre Kollegin am anderen Bürotisch gegenüber an und wandte sich wieder den Bestellungen zu. Die Weihnachtszeit bedeutete für Wein Wolff jedes Jahr eine Spitzenzeit. Touristen und Einheimische rannten gerade jetzt bei Wolff die Türen ein, um ein ganz besonderes Geschenk zu kaufen. Wolffs Glück sollte in diesem Jahr der Renner werden und die Vorboten aus Presse und virtuellen Medien versprachen schon jetzt eine überaus positive Resonanz. Draußen vor dem Schaufenster drückten sich die ersten Kaufinteressenten schon die Nasen flach und fachsimpelten über die neue Spirituose. Die ersten zwanzig Flaschen waren an diesem Tag bereits eine Stunde nach Jessica Brinkmanns Schaufenster-Deko verkauft.

## Tatort Leerort...

Günter Zingel nahm seine Frau Ramona in die Arme und versuchte sie zu beruhigen. „He, versuche tief zu atmen, ich bin doch bei dir", er streichelte ihr übers Haar. „Wie soll ich mich so beruhigen, Mann, da liegt ein Toter und ich bekomm den Blick nicht aus dem Kopf! Wer macht so was, wer macht das hier in Leer, was sind das für Menschen, die so was machen?" schrie Ramona Zingel weinend und völlig außer sich. „Die Polizei ist gleich hier, es wird sich alles aufklären. Vielleicht ist der Mann ja auch ertrunken", versuchte Günter weiter zu beruhigen. „Du spinnst doch, Mann, der Typ hat eine Wunde in der Herzgegend, der fällt doch nicht in eine Kugel oder ein Messer, Günter, nu ist aber gut." Ramona nahm die Leine von Sammy und leinte ihn wieder an. Sammy verhielt sich ebenfalls sehr aufgeregt, bellte und wollte immer wieder zum Wasser, wo der Tote am Ufer lag. Als die Polizeibeamten und der Krankenwagen eintrafen, standen die Zingels mit ihrem Hund am Hummer, dem abgestellten Fahrzeug auf dem

Parkplatz.

„Moin, mein Name ist Bruns, ich bin der zuständige Beamte der Kripo Leer, können Sie mir beschreiben, was Sie gesehen haben?" fragte Okko Bruns höflich. „Ja, natürlich! Wir sind hier am Deich spazieren gegangen und wollten Richtung ‚Alte Festung', plötzlich bellte Sammy, also unser Hund, zog unaufhörlich an der Leine und fand dann den Toten am Ufer unten", berichtete Günter Zingel sachlich und ruhig. „Kennen Sie den Toten oder kommt er Ihnen bekannt vor?" bohrte Okko vorsichtig weiter. „Kennen nicht, aber sein Gesicht kommt mir irgendwie bekannt vor. Und das Fahrzeug kenne ich auch aus Leer, weiß aber nicht, ob der Tote dazugehört. Wie gesagt, nur das Gesicht kommt mir bekannt vor", erwiderte Günter Zingel. „Okay, meine Kollegen werden Ihre Aussage nun aufnehmen und Ihnen psychologische Unterstützung besorgen. Wenn ich noch Fragen habe, komme ich noch einmal auf Sie zu, erst mal danke schön für Ihre sofortige Meldung an die Polizei", bedankte sich Bruns bei den beiden. Bruns ging mit schnellen Schritten zum Ufer der Ems, mittlerweile waren auch Lana und Lennert eingetroffen und folgten ihm. Der ebenfalls eingetroffene Rechtsmediziner bestätigte den gewaltsamen Tod durch drei Stiche in der Herzgegend. Er vermutete, dass einer davon direkt zum Tod führte. Der Mann war circa sechsundfünfzig Jahre alt, etwa eins neunzig groß und hatte weder Papiere noch Handy bei sich. Lediglich ein Schlüsselbund befand sich in seiner Tasche. Er war noch völlig bekleidet und ungefähr zwei bis vier Stunden tot. Mehr konnte er im Moment noch nicht sagen. Ungewöhnlich und gruselig war eine abgeschnittene Schwanzflosse von einem Hering in der Hosentasche des Toten. „Was ist das denn, igitt!" Lana musste sich fast übergeben. „Das ist unverkennbar eine Heringsflosse", grinste Rechtsmediziner Janssen zurück. „Oh Mann, wat gibt dat doch kranke Typen, wer macht so was denn und warum?" Lennert schüttelte sich auch. „Ich denke, hier möchte uns jemand was sagen, könnte Rache oder Ritualmord sein", vermutete Janssen und verstaute die Flosse in einer Plastiktüte. Die Spurensicherung war ebenfalls eingetroffen und sicherte das Umfeld und mögliche Spuren um den Tatort. „Moin, wie sieht es aus, haben wir schon brauchbare Spuren oder irgendwas, was auf den Toten hinweist?" fragte Bruns vorsichtig an. „Herr Bruns, wir sind gerade eingetroffen, wir sind schnell, wir sind effektiv und wir sind höflich. Hexen können wir aber leider noch nicht", zischte Renko Fuhren von der Spurensicherung. „Ist ja gut, ist ja gut", entschuldigte sich Okko und klopfte Fuhren auf die Schulter, „ihr macht das schon, sorry, ich bin mal wieder zu ungeduldig. Versuch mal, den Halter des Fahrzeugs zu ermitteln, Lana, ich denke, der Tote gehört zum Wagen", wies Okko an. „Schon geschehen Okko, er gehört einem Horst Schanter, wohnhaft in Leer an der Nesse, ledig und vierundfünfzig Jahre alt. Das zugesandte Foto weist klar auf den Toten hin, ich behaupte mal, der ist das", Lana gab Okko Adresse, Namen und ein übermitteltes Foto. „Ist er bekannt in Leer, müsste man den kennen?" fragte Lennert mit Blick auf das wohl sehr teure parkende Auto. „Er könnte zur Schanter Immobilien GmbH aus der Edzard Straße gehören, die sind steinreich, haben etliche Immobilien in Leer, Aurich und Norden. Wir sollten das mal überprüfen. Fahrt dort bitte gleich morgen früh hin", nickte Okko den beiden zu. „Wird gemacht, Okko, aber ich muss morgen früh erst mal zum Arzt", gab Lana kleinlaut von sich. „Wat is de nu denn, ist dir die Fischflosse auf den Magen geschlagen oder watt?" grinste Okko sie an. „Nein, ich muss etwas abklären lassen, ich melde mich danach bei dir, wir müssen eh reden", gab sich Lana nun etwas bestimmter und schaute dabei Lennert mit verliebten Augen an. „Sagt mal ihr beiden, wat ist da zwischen euch, wat läuft da an Okko vorbei?" Bruns schaute abwechselnd Lana und Lennert an. „Alles gut, Okko, du denkst schon richtig, alte Spürnase, ich komme morgen nach dem Arztbesuch ins Büro", lachte Lana und zwinkerte Lennert und Okko zu. „Nachtigall, ich hör dir trapsen", wiederholte Okko zweimal nacheinander und wirkte auf einmal sehr nachdenklich. Er wandte sich von beiden ab und ging zum Dienstwagen. Die aufgestellten Scheinwerfer am Tatort wurden gerade abmontiert und auch Ramona und Günter Zingel machten sich mit Sammy auf den Nachhauseweg. Ramona stockte kurz und drehte sich noch mal zu Okko Bruns um: „Herr Bruns, ich hatte es fast vergessen, aber ich habe neben der Autotür des Hummers einen Ohrring gefunden", sie zeigte Okko das Schmuckstück. „Haben Sie den mit bloßen Händen aufgehoben?" fragte Bruns. „Ja, natürlich, ich konnte ja nicht riechen, dass er eventuell in einen Tötungsdelikt verwickelt ist", antwortete Ramona Zingel brav. „Haben Sie auch wieder recht, wer ahnt hier denn so was", bestätigte Bruns. „Okay, ich nehm den dann mal mit. Wir benötigen aber zum Abgleich Ihre DNA, kommen Sie morgen bitte in mein Büro", bat Okko sie nun höflich. „Ja, kein Problem, ich werde da sein. Ihnen einen ruhigen Rest vom Abend, Herr Bruns", verabschiedete Ramona Zingel sich und hakte sich bei ihrem Mann ein. Sie hatte sich mittlerweile wieder beruhigt und den ersten Schrecken verdaut. Bruns setzte sich in den Dienstwagen und fuhr Richtung Altstadt. Seine Augen wurden müde, er musste sich beherrschen, um wach zu bleiben.

# Kratzstein bei Mondschein...

Der Blick in den Wilhelminengang der Altstadt Leer war in dieser Nacht besonders magisch. Das Wappen von Wein Wolff, ein heulender Wolf, zeigte sich unter dem geradezu malerischen Vollmond. Der Gang wirkte erhellt vom Mondschein, und die weihnachtlich geschmückten Häuser strahlten nur noch im Gegenlicht des Mondes. Die elektrischen Beleuchtungen waren alle aus. Der Mond wirkte wie eine überdimensionale Leuchte in dieser Nacht.

„Beeil, dich, wir müssen schnell sein", zischte der Typ mit einer Pudelmütze seinen Kumpanen an. „Ja, doch, ja doch, strumpel du man nicht über das Kopfsteinpflaster und schau, wo du läufst", entgegnete der patzig. Die beiden Gestalten schlichen von der Rückseite der Wilhelminengasse in Richtung Rathausstraße durch den schmalen Weg. An der Ecke zu Wein Wolff blieben sie an der Mauer stehen. „Siehst du jemanden?" fragte die Pudelmütze. „Nee, alles ruhig", entgegnete der andere und schaute dabei ständig um die Ecke und auf die Fenster des gegenüberliegenden Märchenhaus Domke, einer Pension mit wunderschönen Ferienwohnungen. „Gut, dann lass uns schnell machen und dat olle Ding hier aufladen", flüsterte die Pudelmütze und rollte eine mitgebrachte Sackkarre unter den dort seit Jahrhunderten stehenden Kratzstein. Mit schnellen Bewegungen, einer Brechstange und geschickten Handgriffen hebelten die beiden den Stein aus dem Boden und schoben ihn auf die Sackkarre. Sie drehten sich wieder um, wollten gerade Richtung Stadtbibliothek zurückgehen, als sie hörten: „He, was macht ihr da, was soll das? Ich rufe sofort die Polizei, ihr spinnt wohl!" Weiter kam der „Störenfried" nicht, die Pudelmütze hatte sich blitzschnell umgedreht, war mit einer Taschenlampe auf ihn zugegangen und hatte ihn mit seinem Hebelwerkzeug einen über den Schädel gezogen. „Mann, spinnst du, du kannst ihm doch keinen über den Schädel ziehen!" fauchte der andere die Pudelmütze an. „Nu mach mal keine Panik hier, der hätte seine Nase raushalten sollen, hat eben nu Pech gehabt, der olle neugierige Dreikäsehoch." Die Pudelmütze kontrollierte den leblosen Körper an der Schläfe und wirkte zufrieden mit dem fühlbaren Puls. „Na denn weg hier, bevor noch jemand um die Ecke kommt", zischte der andere leise zurück. Die beiden drehten sich wieder zur Stadtbibliothek und schoben mit hastigen Schritten die Sackkarre durch den Wilhelminengang in Richtung Heinrich-Vosberg-Straße und dann zum Wasser. Dort lag ein kleines Kajütboot. Die beiden hievten den Stein auf das Boot und die Pudelmütze schmiss den Außenborder an. Binnen weniger Minuten waren sie vom Kai aus nicht mehr zu sehen. Auf der anderen Seite des Hafenbeckens luden sie den Stein in ein Fahrzeug und machten sich mit schnellen Reifen davon. Das gestohlene Kajütboot blieb am Kai zurück.

Jimmy, der Betreiber des Altstadt Cafés in Leer, wurde nur langsam wieder wach. Er sah verschwommen auf den Wilhelminengang und versuchte aufzustehen. Ihm war übel und schwindelig. Er stützte sich auf die Knie und nahm einen erneuten Anlauf aufzustehen. Nun stand er auf wackeligen Beinen und schaute um sich. Niemand da, niemand zu sehen. Der eigentlich in der Nacht dunkle Gang wirkte durch den hellen Mond noch gespenstiger, und Jimmy schaute auf die Silhouette des Wolfes am Giebel des Lagers von Wein Wolff. Er griff in die Tasche und suchte sein Handy. Das Handy war weg. Er suchte auf dem Kopfsteinpflaster und trat beim Gehen plötzlich gegen etwas. Da lag sein Handy. Blitzschnell wählte er den Notruf und berichtete von den Ereignissen. Die Beamtin am Ende der Leitung beruhigte ihn und bat ihn dort zu bleiben, um den zuständigen Beamten die Geschehnisse vor Ort zu schildern. Jimmy erwiderte, er würde in seinem Café auf die Beamten warten. Mit schmerzendem Kopf machte er sich auf den Weg und wartete in seinem Altstadt Café.

## Morgenstund hat....

„Moin Okko, gut geschlafen?" Lennert und Lana kamen gut gelaunt aber verspätet ins Büro. Hauptkommissar Okko Bruns saß gerade vor seinem geliebten Ostfriesentee und erfreute sich an der „Teeblume", der aufblühenden Sahne in seiner Tasse. „Moin ihr beiden, fangen wir neuerdings erst um zehn Uhr an? Denke, wir haben nun erst mal ein vertrauliches Gespräch", grinste er die beiden Beamten an. „Setzen und zuhören", fuhr er fort. „Also, ich vermute mal, ihr beiden Hübschen seid, seit wann auch immer, plötzlich mehr als nur Arbeitskollegen, gehe ich da richtig in der Annahme?" Okko Bruns schaute die beiden Polizisten mit ernstem Blick an. „Okko, ich habe dir gesagt, dass ich heute später komme. Und ja, wir sind mehr als nur Arbeitskollegen. Das war weder geplant noch beabsichtigt, ist halt einfach passiert", antwortete Lana sehr aufgeregt. „Aha, na, da wird dem alten Okko ja so richtig warm ums Herz", lächelte er die beiden an. „Leider ist das aber nicht so wirklich günstig für die Arbeit hier, das wisst ihr doch auch?" fuhr er fort, „und wenn die olle Rossi dahinterkommt, habt nicht nur ihr ein Problem, sondern ich als euer Vorgesetzter auch", schob er nach. „Okko nun warte mal, ich werde sowieso nicht mehr mit Lennert arbeiten können. Ich bin schwanger und darf ab sofort nur noch Innendienst machen. Ich komme gerade vom Arzt und Lennert war mit mir, er wird ja schließlich Vater", schoss es aus Lanas Mund nur so heraus. Okko verschluckte sich augenblicklich in seinem Tee und hustete die beiden an: „Wie bitte? Ihr habt mir das alles verschwiegen? Ihr bekommt ein Baby?" Okko hatte tausend Fragezeichen und eine gute Portion Verzweiflung im Gesicht. „Wir wussten es bis gestern nicht Okko. Wenn der Tote an der Festung nicht gewesen wäre, hätten wir es dir gestern natürlich gesagt", versuchte nun Lennert zu beruhigen. „Guten Morgen!" Maria Rossi kam mit schwingenden Hüften ins Büro und setzte sich auf die Tischkante bei Okko. Ihre Beine legte sie sanft übereinander, und der Anblick hatte durchaus die Qualität, einen Mann aus der Fassung zu bringen. Aber Bruns war schon fassungslos und starrte auf den Tisch. „Was ist denn hier passiert, jemand gestorben?" hakte Rossi nach. „Ja natürlich ist jemand gestorben, lesen Sie keine Mails? Wir waren gestern noch bis in den späten Abend in Leerort an der alten Festung. Natürlich ist jemand gestorben, Mann!" prustete Bruns sie an. „Nu mal ganz langsam, Herr Bruns, ja natürlich habe ich das heute Morgen gelesen. Und es ist heute Nacht auch noch etwas passiert, ich bin bestens informiert. Aber darum müssen Sie mich ja nicht so anpflaumen und Ihre schlechte Laune an mir auslassen", gab Rossi knapp zurück. „Sorry, mir geht es heute nicht so gut, was ist denn noch passiert?" fragte Okko neugierig und schenkte sich nun einen neuen Tee ein. „Der Betreiber des Altstadt Cafés wurde heute Nacht im Wilhelminengang niedergeschlagen. Er hat zwei Gestalten beobachtet, die den Flinten, einen sogenannten Kratzstein an der Ecke zu Wein Wolff entwendet haben. Zwei Beamte waren heute Nacht vor Ort", klärte Maria Rossi ihn auf. Lana und Lennert verhielten sich ruhig, schauten nach unten, nickten nur und überließen Okko das Gespräch mit der Chefin. Maria Rossi musterte die beiden und konnte sich keinen Reim auf die Schweigeminuten der beiden machen. Aber sie fragte auch nicht weiter nach. „Wir müssen nun erst mal alle Kräfte auf das Verbrechen in Leerort setzen, die Presse hat auch schon wieder angerufen. Ich erwarte eine schnelle Aufklärung der Tat, Herr Bruns", damit schaute Maria Rossi abwechselnd zu Okko und dann wieder zu Lana und Lennert. „Und außerdem bekommen Sie ab Montag ja wieder Unterstützung durch meine beiden Oberkommissare Ilka Pommer und Peter Jensen, dann bekommen wir ja wohl ein sehr schnelles Ermittlungsergebnis", Rossi stand auf und wollte gerade in ihr Büro. „Frau Rossi, ich müsste einen Moment mit Ihnen reden", Lana Booken schaute Rossi bittend an. „Das muss warten, ich muss erst an meinen Schreibtisch. Kommen Sie Montagmorgen und holen sich einen Termin", antwortete Rossi knapp. „Das kann aber nicht warten Frau Rossi, ich werde Ihnen nun in Ihr Büro folgen und Sie werden sich fünf Minuten Zeit für mich nehmen, es ist sehr wichtig", wiederholte

Lana ihre Forderung. Rossi sah Lana mit einem bösen Blick an, überlegte kurz, winkte dann aber mit auffordernder Hand ihr ins Büro zu folgen. Lana ging ihr nach, Lennert wollte auch folgen, aber Lana wies ihn ab, verschloss die Bürotür hinter sich und sperrte ihn förmlich aus. „In Lanas Haut möchte ich nun auch nicht stecken", grinste Bruns vor sich hin und schaute Lennert fragend an: „Wolltest du nicht mit ihr da rein?" Bruns zeigte auf Maria Rossis Büro. „Lana will es ihr alleine sagen, vielleicht auch gut so, ich bin ja bei Bedarf hier", grinste Lennert zurück. „Okay, Lennert, lass uns mal die Fakten von gestern Abend zusammenfassen", begann Okko nun den Arbeitsalltag und vergaß für einen Moment Lanas und Lennerts Geständnis. „Horst Schanter wurde gestern Abend an der Festung Leerort tot aufgefunden, sein Hummer stand noch auf dem Parkplatz am Deich. Ferner fand die Spaziergängerin Ramona Zingel an der Beifahrerseite einen Ohrring, der nach erster Recherche nicht ganz billig ist. Wir können also davon ausgehen, dass Schanter dort zuvor nicht alleine war. Weitere Reifenspuren haben wir zwar im Schnee gefunden, die sind aber zu verschwommen um sie zu identifizieren. Der Hummer ist in der Kriminaltechnik und wird untersucht, Ergebnisse liegen noch nicht vor. Und dann ist da noch die Sache mit der Schwanzflosse bei Schanters Leiche. Da habe ich noch keinen Reim drauf, was soll so was?" fasste Okko zusammen. „Ja, genau, scheint irgendwie ein Zeichen zu sein. Ferner weiß ich, dass Schanter alleine lebt, hat Kohle wie Heu und wird allgemein als ‚Lebemensch' gesehen. So sagt man ihm hier in der Leeraner Szene häufig wechselnde Partnerschaften nach, das habe ich heute Morgen noch von einem Kollegen gehört", ergänzte Lennert. „Na, da ist natürlich immer auch Gerede dabei, Menschen reden gerne und am liebsten über andere", gab Bruns zurück. „Da hast du natürlich recht, Okko", lachte Lennert und stimmte ihm sofort zu. „Lass uns heute die Wohnung des Opfers inspizieren und mal schauen, ob es dort Indizien gibt, die wir verwenden können", schlug Bruns nun vor. „Ja, okay, ich denke, Lana wird gleich, ab sofort, in den Innendienst versetzt sein, wenn sie bei Rossi wieder rauskommt. Ich mach mich dann mal alleine auf den Weg", entgegnete Lennert und zog seine Jacke an. Kurz darauf fuhr er in die Wohnung von Horst Schanter.

# Gestohlen…

„Das darf ja wohl nicht wahr sein!" sagte Hans-Hermann Böse und war außer sich. „Wer stiehlt denn einen über zweihundert Jahre alten Stein an einer Hausecke?" Böse kam gar nicht wieder zu sich. „Ich weiß es nicht, kann mir so was auch nicht vorstellen, aber laut Jimmy waren das zwei Mann, er wurde niedergeschlagen und sitzt gerade bei der Kripo", antwortete Jessica Brinkmann ebenso empört wie Böse. „Meine Güte, der Stein ist doch ein Wahrzeichen unseres Hauses, wer macht denn so was?" kam Jan Wolff, der Inhaber von Wein Wolff, dazu. Alle drei standen nun kopfschüttelnd an der Hausecke und starrten auf das klaffende Loch, wo sonst der historische Kratzstein thronte. „Okay, auch wir sollten so schnell wie möglich Anzeige erstatten. Der Stein gehört hierher, wer auch immer das gemacht hat, beschädigt nicht nur das gewohnte Bild der Hausecke zum Wilhelminengang, sondern auch einen Teil unseres historischen Firmen-Wahrzeichens", bekräftigte Jan Wolff. „Ich werde sofort bei der Polizei anrufen, damit jemand kommt. Die wissen eh von Jimmy, was hier geschehen ist. Wird Zeit, dass das hier auch aufgenommen wird", stimmte Böse zu und ging mit schnellen Schritten wieder ins Geschäft. „Die Körperverletzung wurde heute Nacht ja schon aufgenommen", schüttelte Böse immer noch den Kopf und sein Gesicht war puterrot. „Ach so, okay, dann warten wir mal, bis Jimmy heute wieder im Café ist. Damit dürfte auch der Diebstahl schon bei der Polizei bekannt sein, hatte ich gerade nicht dran gedacht", Jan Wolff machte noch ein paar Fotos und folgte Böse und Brinkmann in den Laden zurück. Jimmy war inzwischen wieder auf dem Rückweg und wählte die Nummer von Wein Wolff. „Hallo, ich bin's, Jimmy. Ich war gerade bei der Kripo und habe meine Aussage gemacht, die werden nachher noch vorbeikommen und euch zum Kratzstein befragen", informierte sie Jimmy, noch völlig außer Atem. Jessica Brinkmann hörte ihm aufmerksam zu, notierte ein paar Dinge und brachte sie zu Jan Wolff ins Büro. Wolff musterte den Zettel und nickte zustimmend. „Gut, wir warten auf die Beamten, dann nehmen die Dinge automatisch ihren korrekten Lauf", bedankte Wolff sich erleichtert bei Jessica.

## Erschrocken...

Jeden Morgen zur gleichen Zeit inspizierte sie ihren Laptop nach News, Nachrichten und dem Facebook-Messenger. Gemütlich verschränkte sie ihre Beine auf dem großen TV-Sessel und schaute zufrieden aus dem Wintergarten. Der duftende und liebevoll gedeckte Tisch lud zum Verweilen ein. „Wie schön wir es doch hier haben", dachte sie verträumt und schob mit ihren zarten Fingern von einer aktuellen Nachricht zur nächsten. Plötzlich stieß sie auf folgende Schlagzeile:

*Männliche Leiche an der alten Festung Leerort. Gestern Abend wurde eine männliche Leiche an der alten Festung Leerort, nahe dem Ufer gefunden. Nach ersten Erkenntnissen handelt es sich um ein Gewaltverbrechen...*

Weiter kam sie nicht, da sie kein Abo bei der örtlichen Zeitung besaß und somit den vollständigen Artikel nicht lesen konnte. Hastig suchte sie in den anderen Foren des Internet nach weiteren Berichten, fand aber nichts. Sie rannte in die Küche und suchte ihr Handy. „Scheiße, wo liegt das alte Ding nu wieder", dachte sie und rannte von Raum zu Raum. Im Schlafzimmer wurde sie endlich fündig. Sie wählte eine Nummer und ließ es klingeln. Nichts, nur der Anrufbeantworter. Sie wählte erneut und wieder kam die freundliche Ansage: *„Hallo, der Horst ist wieder bei der Arbeit, wo sonst, sprich mir eine Nachricht auf und ich melde mich zurück, hab einen schönen Tag!"* Sie rannte in ihr Ankleidezimmer und zog sich hastig an. Auf dem Weg zur Garage schnappte sie den Autoschlüssel aus der Küche und startete ihren VW Eos. Mit quietschenden Reifen raste sie los Richtung Leerort. Nach circa zehn Minuten kam sie dort an. Auf dem Parkplatz stand kein Fahrzeug mehr. Sie suchte den Boden und die umliegenden Bereiche nach irgendetwas ab. Sie vermisste etwas ganz Wichtiges, sie vermisste es seit dem Vorabend und es konnte nur hier liegen, oder...? Aber wo sie auch schaute, keine Spur. Nach weiteren zehn Minuten brach sie die Suche ab, setzte sich wieder in ihren Eos und raste wieder los. Diesmal fuhr sie in Richtung der Wohnhäuser und Apartments an der Nesse und parkte ihr Fahrzeug auf einem der freien Plätze an der Nessestraße, die nicht zu den Häusern gehörten. Sie verließ das Fahrzeug hastig, rannte durch die Gasse und klingelte an einer Wohnungstür. Nach dreimal klingeln hörte sie: „Moin, wen habe ich da?" „Ich bin Greta Müller, die Putzfrau für die Wohnung. Wer sind Sie denn überhaupt?" log sie mit zitternder Stimme in die Gegensprechanlage. „Mein Name ist Jakobs, ich bin von der Polizei, kommen Sie bitte hoch, ich öffne Ihnen", antworte Lennert Jakobs, der vor einer halben Stunde in Schanters Wohnung angekommen war, höflich. Sie drehte sich blitzschnell um, rannte wieder zu ihrem Fahrzeug und fuhr zügig ab. Jetzt war ihr klar, was passiert war, zumindest ahnte sie es. Ihr fiel ein Stein vom Herzen, dass die Geschichte mit Schanter am Abend vorher beendet worden war. Aber ihr fehlte eben etwas, was sie mit Schanter bei Ermittlungen in Verbindung bringen könnte, ihren Ruf und ihren Wohlstand gefährden könnte. Schanter war ihr im Prinzip egal, es gab andere - genügend andere. Plötzliche Angst stieg in ihr auf, mächtige Angst. Um keinen Preis durfte da etwas ans Licht kommen, tausend Gedanken schossen ihr durch den Kopf. Nach weiteren zehn Minuten erreichte sie ihr Zuhause, sie musste erst mal versuchen abzuschalten und dann etwas Schönes machen, etwas sehr Schönes. Und sie hatte auch schon eine Idee. Sie griff zum Handy.

Lennert hatte noch aus dem Fenster der Wohnung geschaut, konnte die Straße aber aufgrund der angrenzenden Häuser nicht einsehen. Eine Verfolgung wäre ohne Aussicht gewesen. Er rief die Spusi an und orderte einen Trupp zur Wohnung von Schanter.

## Innendienst...

Lana kam mit rotem Kopf aus Rossis Büro und ging auf Okko Bruns Schreibtisch zu. „Na, gestanden?" lachte Bruns und schlürfte wieder mal an einer Tasse Tee. „Hör mir bloß auf, die hat da gerade eine Welle geschoben, oh Mann, die hat echt einen am Teller", beschwerte sich Lana Booken bei Bruns. „Und was nun, Lana, Innendienst, Versetzung oder wat hat sie gesagt?" Okko war neugierig. „Ja, erst mal Innendienst und wenn ich nicht mehr kann, soll ich mich krankschreiben lassen. Aber nach der Geburt und Mutterschaft hat sie mir eine Versetzung nahegelegt, sie möchte lieber keine Pärchen im Dienst, das würde die Leistung und den Spürsinn beeinträchtigen", stammelte Lana völlig außer sich. „Na, nun ist ja erst mal Innendienst angesagt, Tee trinken und abwarten. Montag kommen Jensen und Pommer wieder und wir sind gut aufgestellt. Am Ende bin ich ja auch noch da, ich werde noch mal mit ihr reden", beruhigte Okko Lana. „Ich gehe dann mal und informiere Lennert, danach darf ich hier Akten wälzen, tolle Aussichten", lachte Lana nun wieder, aber merklich verbittert. Das Telefon klingelte bei Bruns auf dem Schreibtisch. „Bruns hier, was gibt es?" fragte er knapp in den Hörer. „Wir haben Spermaspuren im Hummer gefunden, auf dem Rücksitz, sowie die DNA vom Opfer und von zwei weiteren Personen", antwortete die Stimme ebenso kurz und knapp. „Ah, okay, die werden wohl von seinen Liebschaften sein, aber warten wir ab, dann hat es da gestern Abend wohl auch ein kleines Tête-à-Tête gegeben", fügte Bruns hinzu und legte wieder auf. Lennert Jakobs betrat das Büro und ging mit schnellen Schritten auf Okko zu. „Ich war gerade in Schanters Wohnung. Geldbörse habe ich gefunden, Handy nicht. Da hat plötzlich jemand geklingelt, es war eine Greta Müller. Ich hab den Namen mal durchlaufen lassen, in Leer wohnt keine Greta Müller, das ist schon sehr merkwürdig und sie ist ja auch sofort wieder gegangen, als ich meinen Namen und Dienstgrad gesagt habe", berichtete Lennert aufgeregt. „Warum hast du denn deinen Dienstgrad rausposaunt, Mann, du Anfänger", grollte Okko zurück. „Na, ich wusste doch nicht, wer da so plötzlich klingelte und war völlig überrascht. Hätte ja auch die Post sein können", verteidigte sich Lennert. „Was soll's, wenn sie etwas mit der Leiche in Leerort zu tun hat, werden wir sie finden. Aktuell haben wir wahrscheinlich Schanters Spermaspuren sowie verschiedene DNA in seinem Fahrzeug gefunden und ich denke, der hat sich dort mit jemandem getroffen. Wir warten mal die Auswertung ab und schauen mal in seinem Umfeld nach Verdächtigen. Wer weiß, ob Frau Greta Müller da nicht wieder auftaucht", antwortete Bruns ruhig und besonnen. „Ich denke, der Fall ist nächste Woche geklärt. Geh du mal erst zu deiner Flamme, ich denke, sie braucht dich jetzt", fügte Bruns hinzu und zeigte auf die Bürotür von Maria Rossi. „Ist sie da schon wieder drin?" fragte Lennert entsetzt. „Nein, aber sie hat sich noch nicht wieder vollständig von Rossi erholt, denke ich, nimm Lana nun mal eben tüchtig in den Arm und drück sie, das kann sie gut gebrauchen", klopfte Bruns Lennert Jakobs auf die Schulter. „Lana klang auch nicht wirklich gut am Telefon, sie hat mich gerade angerufen, ja, ich gehe mal schnell zu ihr, nett von dir", bedankte sich Lennert bei Bruns.

## Festlich Lust...

Festlich geschmückt schaute sie aus, die schöne Stadt Leer, die Fußgängerzone, der Ernst-Reuter Platz und am Museumshafen glänzten Lichter,

Sterne und bunte Farben. Die Lichter in den Bäumen entlang der Hafenpromenade und des Rathauses schienen in verschiedenen Farben, und überall an den Buden roch es nach Glühwein, Bratwurst und Berliner. „Weihnachten in Leer" der Schriftzug quer über der Rathausstraße versprach schon dieses besondere Feeling. Das Riesenrad am Ernst-Reuter-Platz drehte seine Runden und wechselte permanent seine eingestellten Farben. Stöbern und genießen - wahrlich ein kleines Träumchen, diese Stadt mit all ihren lieblich verzierten Geschäften und Weihnachtsmarktständen. Sie schlenderte durch die Altstadt und wartete sehnsüchtig auf den Rückruf. „Wo blieb der olle Kerl nur?" dachte sie und wurde langsam ungeduldig. „Der wird mich heute verwöhnen", dachte sie bei sich und ihr zartes Lächeln bei dem Gedanken veränderte augenblicklich ihren ungeduldigen Gesichtsausdruck. Heute trug sie für ihr Treffen einen engen Winterrock und darunter nur Strapse, natürlich ohne BH, sie hatte immer noch volle, feste Brüste. So mochte sie es, reizvoll auftreten und bestaunt werden, es machte sie scharf, wenn andere Männer sie mit ihren Blicken verschlangen. Sie wollte heute alles, alles und das auf einmal. Sie musste halt abschalten und vergessen. Das ging eben nur so. Als sie in die Brunnenstraße einbog, kreuzten Udo und Christa Vry ihren Weg. Sie kannte die beiden schon ein bissel länger, die

Vrys waren vor circa zwei Jahren von Weener nach Leer gezogen. In Jimmy's Altstadt Café traf man sich des Öfteren und verbrachte dort zusammen unbeschwerte Zeiten, besonders an den legendären Musikabenden. „Hey, ihr beiden, auch noch eben über den Markt schlendern bei dem Wetter?" Christa und Udo drückten sie herzlich und blieben kurz stehen. „Ja, klar, bei dem Wetter muss man ja eben raus, wo ist dein Mann denn, ist er noch arbeiten?" fragte Christa fröhlich. „Nee, der ist doch mehr oder weniger schon auf Rente. Das heißt, er braucht nicht mehr arbeiten, war ja sehr erfolgreich selbstständig. Ich glaube, er wollte heute zum Tennis, der macht sein Ding auch gerne mal alleine und sowieso, manchmal braucht man auch seine Zeit, Geschenke kaufen, stöbern, kennst du ja", gab sie lächelnd zurück. „Ja klar, Weihnachtsgeschenke sind Überraschungen, da möchte man keinen dabei haben", bekräftigte Udo Vry die Aussage und zwinkerte ihr lächelnd zu. „Ich muss nun auch schnell weiter, sonst ist Abend und ich hab noch nichts auf dem Zeiger." Sie ging an den beiden vorbei und lächelte ihnen noch mal zu. „Ja, viel Spaß beim Shoppen", verabschiedete sich Udo, nahm seine Frau wieder an die Hand und ging mit ihr um die Ecke in die Rathausstraße.

Ihr Handy klingelte und sie wusste sofort, wer es war. „Meine Güte, wo bist du denn, ich latsche hier schon 'ne halbe Stunde durch die Stadt und warte auf deinen Anruf", beschwerte sie sich bei dem Anrufer. „Kannst es nicht mehr aushalten, schon wieder notgeil?" hörte sie den Anrufer lachen. „Notgeil? Ich helf dir gleich, du spinnst wohl, sei froh, dass du mich sehen darfst. Noch so ein Spruch und du siehst und fühlst mich nie wieder", gab sie patzig zurück. „Nu hab dich mal nicht so, sonst magst du den Dirty Talk doch auch, du hast mich dazu schon so oft animiert", antwortete er etwas kleinlaut. „Ich bestimme aber wann ich das möchte, nicht du. Jetzt will ich dich aber sehen, wo wollen wir uns treffen? Ich hab heute nicht so lange", drängelte sie. „Fahr zum Ledasperrwerk am Südring, dort fahre ich gleich hin, wir können uns in einer Viertelstunde dort treffen", gab er nun zurück. „Okay, ich muss noch zurück zur ‚Waage'[4], da steht mein Auto, bin gleich da." Sie drehte sich auf der Stelle um und lief mit schnellen Schritten zur Rathausstraße zurück. „Beeil dich, ich möchte dich spüren", lachte er ins Telefon und legte, ohne auf eine Antwort zu warten, auf.

## Erste Ergebnisse...

Maria Rossi kam mit Frieda, der Hündin ihrer Freundin Mareike, mit galanten Schritten auf Bruns Schreibtisch zu. „Wieder Zoo heute, Frau Rossi?" lachte Bruns sie etwas spitzfindig an. „Herr

---

[4] Wissenswertes über die Alte Waage Leer, Anhang Seite 238

Bruns, Sie wissen doch, dass Frieda hier ab und zu ist, was soll die dumme Frage? Ich kümmere mich doch um das Tier, Sie haben da ja nichts mit zu tun", gab sie genauso spitzfindig zurück. „Das ist auch gut so", betonte Bruns und wies augenblicklich auf den PC. „Wir haben nun erste Ergebnisse, Frau Rossi und wir sollten heute einen runden Tisch mit allen machen und weitere Schritte festlegen", lenkte Bruns nun von Frieda ab. „Das klingt sehr gut, Herr Bruns, sagen wir 15:00 Uhr bei mir im Büro?" schlug Rossi vor. „Passt, bis dahin habe ich alles zusammen, was wir bis jetzt vorweisen können", erwiderte er und machte sich an die Arbeit, Unterlagen und Ermittlungsergebnisse vorzubereiten.

Lennert saß indes bei Lana und beruhigte sie nach ihrem Gespräch mit Kriminalrätin Maria Rossi. Wohl gerade wurde den beiden schmerzlich klar, dass ab sofort ein neuer Wind wehen würde, sowohl privat als auch dienstlich. War alles nicht mehr so einfach, nicht mehr so locker und fühlte sich auf einmal nicht mehr leicht an. Lennert nahm Lana in den Arm und die Kollegen im Büro schauten überrascht auf die offene Art der Zärtlichkeit. Spätestens jetzt wussten es alle: Lennert und Lana waren ein Paar.

## Treffpunkt Sperrwerk...

Als sie mit ihrem VW Eos am Sperrwerk ankam, stand sein Wagen schon da. Die Schranke war ausnahmsweise mal wieder geöffnet, und so konnten beide Fahrzeuge eng nebeneinander stehen. Sie sprang aus dem Eos und stieg hastig bei ihm ein. „Ich habe mich so nach dir gesehnt", begrüßte sie ihn und küsste ihn leidenschaftlich. Sofort begann sie an seinem Reißverschluss zu nesteln und öffnete ihn mit ihren geschickten, rot lackierten Fingern. „He, ich bekomme ja kaum Luft, du bist ja heute ohne Karten", lächelte er freundlich und begann seinerseits, ihre Jacke mit hastigen Griffen zu öffnen. Ihre wohlgeformten Brüste zeigten sich durch die Bluse erregt und er öffnete die Knöpfe. „Ja, so mag ich das, so möchte ich das, küss mich da, beiß dich fest", stöhnte sie leise. Er liebkoste sie und ließ sich nun auch sanft, aber dennoch fordernd von ihr streicheln. Seine Männlichkeit zeigte sich in ganzer Härte und auch er stöhnte kurz auf. „Lass uns nach hinten gehen, ist gemütlicher und ich kann dich besser spüren", hauchte sie in sein linkes Ohr. Er öffnete die Fahrertür, stieg aus, sah sich aufmerksam um und sogleich sprang er auf den Rücksitz seines VW Touran. Sie folgte ihm, blickte sich prüfend um und stieg ebenfalls hinten ein. Mit schnellen hastigen Griffen schob er ihren Rock hoch und staunte nicht schlecht über den einladenden Ausblick. „Na, du hast ja wirklich an alles gedacht", lachte er und streichelte ihre Schenkel. Ihre nackte Haut machte ihn wahnsinnig, und er seufzte wieder und wieder bei dem Gedanken, sie jetzt gleich zu nehmen. Sie öffnete ihre Beine, soweit es auf dem Sitz ging, und er drang mit einem kräftigen Stoß in sie ein. „Ja, ja, nimm mich, lieb mich, lass nicht locker, ich will das so!" hauchte sie ihn an. Dann drehte sie sich und setzte sich auf die Knie. Wieder und wieder drang er in sie ein, streichelte sie, griff nach ihrem Körper und knetete sie abwechselnd zärtlich und intensiv. „Ich komme, ich komme!" schrie sie und drückte ihren Po noch kräftiger gegen seinen Körper. „Ich auch, ja, ich komme auch!" stöhnte er und beide sackten auf dem Rücksitz zusammen. Er küsste sie zärtlich und nahm sie in seinen Arm. „Wann sehen wir uns wieder?" fragte er zögerlich. „Wenn ich wieder Lust auf dich habe, melde ich mich", antwortete sie nun etwas kühler, aber noch immer außer Atem. „Ich muss heute Abend noch auf einen wichtigen Termin in die Stadt", er begann sich hastig anzuziehen. „Wir sind ja auch fertig, oder?" schaute sie ihn grinsend an. „Wenn du das so siehst, ist das so, wir könnten noch eben bleiben, eine Viertelstunde habe ich noch", erwiderte er und wechselte wieder auf den Fahrersitz.

Die beiden Liebenden hatten ihn in ihrer Aufregung und Leidenschaft nicht bemerkt, dass er sie von Beginn an ihres Treffens beobachtet hatte. Ein dunkler Porsche 911 stand auf dem Parkplatz des Einkaufszentrums kurz vor dem Platz am Sperrwerk. Das letzte Stück war der Fahrer zu Fuß gegangen und hatte aus sicherer Entfernung einen guten Blick auf das Treiben dort gehabt.

Sie stieg aus dem Touran aus und schob den Rock wieder in Position. Er blieb im Wagen sitzen und wartete, bis sie abgefahren war. So machten sie es immer, einer fuhr vor, der andere etwas später. Er hatte nie nach dem „Warum" gefragt, es hatte sich einfach so entwickelt. Es war wohl eine Art Ritual, eine eigene kleine Zeremonie, und am Ende war es auch völlig egal. Sie war heiß und willig, da fragte er nicht weiter nach und ging einfach auf sie ein, ohne zu reden oder von vornherein Abmachungen zu treffen. Ihre Treffen standen immer unter dem Aspekt des gegenseitigen Respekts. Sie lächelte ihn noch durch die Scheibe der Beifahrertür zu und schwang sich gut gelaunt in ihren Eos. Mit leicht quietschenden Reifen fuhr sie los.

Der Fahrer des Porsche 911 schaute sich das Ganze aus sicherer und gut versteckter Position an. Er wartete, bis sie fast auf Höhe des Einkaufszentrums gefahren war und ging dann mit schnellen Schritten auf den noch stehenden Touran zu. Blitzschnell zog er ein Messer aus der Tasche und wollte gerade die Fahrertür des Touran aufreißen, als sich ein silberner Mazda mit zügigem Tempo Richtung Sperrwerk bewegte. Er schaute sich kurz um, fluchte kurz und sprang über den Zaun zum Deich, wo er sich dann gut verstecken konnte. Unbemerkt von allen, verkroch er sich hinter einen Baum und sah seinerseits nun den Touran abfahren. So hatte er sich den Ausgang heute nicht vorgestellt, nein, so nicht. Er wurde wütend, stinksauer und fluchte wieder leise. Als dann der Mazda auch endlich abfuhr, konnte er sein Versteck verlassen und zu seinem Fahrzeug zurückgehen. „Ich krieg dich, ich werde dich töten, heute noch", wiederholte er immer noch wütend. Er rannte zu seinem Porsche zurück und bog mit quietschenden Reifen Richtung Stadtkern auf den Südring Leer ein. Er fluchte immer noch leise vor sich hin, aber er wusste auch, er musste konzentriert bleiben, ruhig, ganz ruhig…, denn er wusste wo er jetzt hin musste, ja er wusste es genau.

## Wolffs Glück, die zweite…

Stefan Mennenga rannte in die Abfüllung der Produktion von Wein Wolff. Der Brennmeister und gute Seele der Weingroßhandlung hatte heute alle Hände voll zu tun. Sein feiner Spürsinn für ausgezeichnete regionale und überregionale Liköre und Brände waren eines der Erfolgsgeheimnisse des Leeraner Unternehmens. Mennenga kreierte blitzschnell neue Liköre mit fantastischen Noten und sein neuester, vielversprechender Likör hieß gerade jetzt zur Weihnachtszeit, Wolffs Glück. Dieser

Likör sollte heute gegen Abend dem Verein Meerwiefke e. V. vorgestellt werden, einem besonderen traditionellen Leeraner Verein, der als Multiplikator für guten Geschmack eine der ersten Adressen für effektive Werbung bekannt war.

Im oberen Bereich der Weinhandlung befand sich der sogenannte Rittersaal, ein mit allerlei friesischen Accessoires liebevoll eingerichteter Raum der Familie Wolff. Hier sollte auch die Verköstigung stattfinden. Stefan Mennenga prüfte noch einmal die Bestände im Lager und probierte die neue Abfüllung. Zufrieden lehnte er sich zurück und genoss den edlen Tropfen. Schon der erste Abverkauf nach der Ladendekoration hatte den Erfolg dieses Likörs bestätigt. Heute sollte mit Meerwiefke e. V. noch mal richtig Gas gegeben werden.

„Wie sieht es aus Stefan, sind wir gut gerüstet für die Präsentation?" erkundigte sich Hans-Hermann Böse bei seinem Brennmeister. „Alles top, mega lecker, die neue Abfüllung steht Kollege", antwortete Mennenga begeistert. „Klasse, freue mich riesig", lächelte Böse ihn dankbar an und klopfte ihm freundlich auf die Schulter. „Ach übrigens, die Idee mit der Vanilleschote in jeder Flasche ist der Hit", zeigte Böse noch zustimmend auf die Flaschen mit dem Wolffs Glück. „Ja, ich dachte, wir machen mal wieder was ganz Besonderes", stimmte Menninga ihm zu. „Aber Stefan, das machen wir doch immer, Stefan, immer!" lachte Böse und ging zufrieden in sein Büro.

Stefanie Helbach, eine weitere freundliche und engagierte Angestellte der Weingroßhandlung, bereitete gerade im Rittersaal alles vor. „Sag mal, wie viele Gäste sind nun eigentlich eingeplant?" fragte sie Jessica Brinkmann. „Ich weiß es nicht genau, wir haben sonst immer personifizierte Karten erstellt, das haben wir diesmal nicht geschafft. Aber der Verein weiß, dass wir keinen unbegrenzten Platz hier haben, wir nehmen das heute erst mal nicht so genau. Wenn sich das dann oben füllt und absehbar zu voll wird, soll ich Herrn Böse Bescheid geben. Dann schließen wir unten ab, der Verein weiß das ja alles, wurde so kommuniziert", entgegnete Jessica Brinkmann. „Ah, okay, dank dir, dann decke ich den runden Tisch mit Gläsern vorne ein, dort kann dann getrunken werden und die Deko mit den Flaschen steht heute Abend dann auf dem großen Tisch, da wird ja nicht gesessen", bedankte sich Steffi, so nannte sie hier jeder, bei Jessica. „Ja, alles gut, ich helfe dir nachher noch eben, ich muss nur noch eine LKW Bestellung erstellen, dann bin ich bei dir", lächelte Jessica und ging die Treppe zu den Büros hinunter.

## Lösegeld Kratzstein...

„Alter, ist das Ding schwer", fluchte Hinnerk Doden und hievte den geklauten Kratzstein mit seinem Kollegen aus dem Auto. „Nu stell dich mal nicht so an, jede Woche viermal Muckibude, aber so ein kleiner Stein bringt dich aus der Fassung", lachte Lars Bakker, selbst aber auch ein bissel stöhnend beim Stemmen des alten Klumpen. Beide setzten sich erst mal auf den Treppenaufgang zur Eingangstür ihres Hauses in Jemgum. Lars besaß dort ein altes Haus aus dem Erbe seiner Familie, es stand unter Denkmalschutz. Ein alter Häuptling der Ostfriesen sollte es angeblich mal bewohnt haben. „Lass uns erst mal 'ne Pulle aufmachen, zur Feier des Tages", grinste Lars und öffnete die Haustür. Er kam mit einem „Isegrim"[5] zurück. „Prost mein Freund, nich lang schnacken, Kopp in Nacken! Nun wollen wir doch mal sehen, was uns Wein Wolff für ihr altes Artefakt so bietet", lachte Lars und stieß mit Hinnerk an. „Ja, genau! Und das Beste ist, wir stoßen noch eben mit einem Likör aus dem beklauten Haus an", lachte Hinnerk nun auch laut auf und goss sich den Likör in den Rachen. „Eines muss man Wein Wolff ja lassen, wat die machen, schmeckt echt lecker", grinste Hinnerk. „Das ist wohl wahr und darum können die auch gut ein paar Penunsen locker machen, bei den Gewinnen", grinste Lars Bakker zurück. „Wie wickeln wir dat Ding denn nun denn ab, Lars, steht der Plan?" schaute Hinnerk ihn fragend an. „Wir werden ihnen die Forderung als Briefumschlag brin-

---

[5] Der Isegrim von Wein Wolff, Anhang Seite 239

gen. Ich habe Handschuhe, Papier und Buchstaben schon fertig, mach dir keinen Kopp, das läuft. Die wollen den Stein mit Sicherheit wieder an seinem Platz haben", antwortete Lars zuversichtlich. Er schenkte Lars und sich noch einen ein und verschwand im Haus. Nach zwanzig Minuten kam er wieder nach draußen. Hinnerk hatte sich noch eben „Einen" gegönnt und wirkte schon leicht angetrunken. „Sag mal, hast du das Zeug inhaliert, oder was?" entsetzte Lars sich, als er die halb leere Flasche Isegrim sah. „Nee Mann, hier is dat kolt, ik mutt mi upwarmen", gab Hinnerk grinsend auf platt zurück. „Mann, Alter, wir müssen einen klaren Kopf behalten, du säufst hier und ich soll die Scheiße machen", beschwerte sich Lars wütend. „Ich bin doch nüchtern, Mann, du glaubst doch nicht, dass mich so ein Likör aus der Bahn wirft, oder?" ranzte Hinnerk ihn an. „Okay, dann hol das Weihnachtsmannkostüm aus dem Auto, jetzt bist du dran", befahl Lars und zeigte auf den Kofferraum des Autos. „Ist ja gut, Lars, ist ja gut, ich eile! Ho! Ho! Ho!" belustigte Hinnerk sich und ging zum Auto. „Nun pass gut auf: Heute gegen Abend ist bei Wein Wolff die Verkostung eines neuen Likörs. Du mischst dich als Weihnachtsmann verkleidet in der Altstadt unter die vielen Passanten und bringst den Brief dort zu einer der Verkäuferinnen. Sag ihr, der Brief ist für Jan Wolff, sie soll ihm den geben und dann verschwindest du genauso schnell, wie du gekommen bist", wies Lars Hinnerk nun an. „Aber warum schicken wir den denn nicht mit der Post?" fragte Hinnerk. „Mann, ich will, dass er heute da ankommt, und ich will keinen Stempel auf dem Brief. Denke an Handschuhe, und dass du keine Spuren hinterlässt", stupste Bakker Hinnerk Doden nun barsch an. „Handschuhe hat der Weihnachtsmann sowieso immer an", lachte Hinnerk und versuchte, die Anspannung von Lars wieder ein bissel zu besänftigen. „Danach kommst du hier direkt wieder her, verstanden?" redete Lars unbeeindruckt von Hinnerks Versuch weiter. „Ja, Mann, ich bin doch nicht blöd, ich fahre hier dann direkt wieder her", bestätigte Hinnerk ohne weitere Scherze zu machen.

## Einsammeln...

„Lass uns noch auf ein Stück Knüppeltorte und Tee zu Jimmy gehen, dann besprechen wir die aktuelle Beweislage noch mal unter uns", Kriminalhauptkommissar Okko Bruns war gut gelaunt, der Termin bei Kriminalrätin Maria Rossi hatte, wie so üblich, nicht viel ergeben, eigentlich gar nichts. Rossi bestand wie immer auf schneller Aufklärung. Die Ergebnisse der Obduktion von Horst Schanter standen fest. In der Wohnung des Opfers wurden keine nennenswerten neuen Erkenntnisse gewonnen und wichtig war nun das Umfeld von Schanter. Mit wem hatte er zu tun, wer war mit ihm in Leerort zusammen gewesen, wem gehörte der Ohrring und wo bitte war das Handy von Schanter? Bislang hatte das noch niemand gefunden. Das waren die entscheidenden Fragen. Und natürlich nicht zu vergessen: diese stinkende Schwanzflosse eines Herings. Auch dazu hatte es bisher keine Erkenntnisse gegeben. Der Fisch war circa einen Tag alt und ein gewöhnlicher Hering aus dem Handel. Brauchbare Spuren wurden nicht gefunden. Ein komisches Rätsel des Mörders oder des Opfers - wer wusste das schon?

Okko Bruns hatte sich immer auf seine Kollegen verlassen können, und Jimmy's Altstadt Café war genau die richtige Adresse für eine interne Aufarbeitung der Daten. Weit weg von Rossi, weg von ihrem ständigen Druck, den sie ausübte. „Machen wir, gute Idee, wie immer", lachte Lennert und schmiss die Jacke über. „Wir treffen uns um fünf Uhr dort, bring Lana mit, ihr seid ja eh zusammen", lachte Okko noch und verließ das Büro mit schnellen Schritten. Er wollte vorher noch mal zum Tatort, das Handy musste irgendwo sein. Am Tattag war es in Leerort eingeloggt, das hatten die Ermittlungen des Anbieters von Schanter ebenfalls ergeben. Danach war das Signal aber nicht mehr weiter nachzuvollziehen. Merkwürdig war ein zweites Handy, das dort auch eingeloggt war, der Besitzer konnte aber nicht ermittelt werden. Es war ein Prepaid-Handy und die Nummer ergab auf

Nachforschungen keinen wirklichen Besitzer, denn es war auf einen schon vor Jahren verstorbenen Leeraner angemeldet. Das sollte aber noch weiter überprüft werden. Bruns setzte sich in seinen Dienstwagen und fuhr zur alten Festung Leerort. Er stellte das Fahrzeug auf dem Parkplatz ab und ging zu Fuß den Weg, den Opfer und Täter auch gegangen sein mussten. Mittlerweile war wegen der etwas höheren Temperaturen jeglicher Rest Schnee geschmolzen. Er ging langsam auf dem Deich in Richtung Festung. Auf einer Bank saßen zwei Jugendliche, die sich aufgeregt unterhielten. Der eine lachte laut auf und schaute dabei immer wieder auf sein Handy, und der andere starrte ebenfalls auf das Display. Bruns ging an beiden vorbei und wollte gerade den Deich hinunter, als er hörte: „Mann, was hat die für Dinger, schau mal!" Bruns drehte sich wieder um und sah die beiden Jungen, die gemeinsam belustigt auf das Display des Handys schauten. Mit drei Schritten war er bei ihnen und schaute sie grimmig an. „Na ihr beiden, was ist denn da so lustig?" und er versuchte, die angezeigten Bilder auf dem Handy zu sehen. „Was geht dich das denn an, Opa? Mach dich vom Acker und lass uns in Ruhe!" gab der links sitzende barsch zurück. „Pass mal auf, du kleiner Wicht, ich helf dir gleich mit ‚Opa'! Das Handy her, ich bin Polizist und ihr seid hier an einem Tatort. Ich kann euch auch gerne mitnehmen, schauen wir mal, was eure Eltern dazu sagen", zischte Bruns zurück. „Wie, Tatort, was haben wir denn damit zu tun? Wir sitzen hier nur und schauen uns Bilder an, seit wann ist das strafbar?" gab der nun ebenso frech zurück. „Ist das euer Handy?" fragte Bruns nun etwas ruhiger nach. „Ja natürlich, wessen denn sonst?" antwortete der Wortführer der beiden nun prompt. „Okay, dann darf ich das ja eben sehen, oder?" bohrte Bruns weiter. Nun wurde der andere Jugendliche, der ruhigere, etwas ängstlichere, aktiv: „Äh, tut uns leid, wir haben das hier gefunden, es lag unten, zwischen zwei Steinen, und ich hab das Passwort geknackt Wir haben das nur zufällig entdeckt, es gehört uns also nicht". „Mann, halt doch einfach deine Fresse!" wütete der andere zurück. „Nun hältst du mal ganz schnell deine Fresse. Weise Entscheidung deines Kumpels, also her damit und morgen früh sehe ich euch auf der Wache, ihr werdet eine Aussage machen müssen, aber vorher zeigt ihr mir genau, wo das Handy lag", gab Bruns nun etwas besänftigt nach. Der Jugendliche, links auf der Bank, sagte nun gar nichts mehr, der andere stand prompt auf und forderte Bruns mit einer Geste auf, ihm zu folgen. Nach wenigen Schritten hatten sie den Fundort des Handys erreicht und Bruns machte ein paar Fotos davon. „Da habt ihr beiden echt noch mal Glück gehabt, so was nennt man im Fachjargon, ‚Unterschlagung von Beweismitteln', das ist nicht witzig und wird mit hohen Strafen belegt. Ihr seid beide über sechzehn, denke ich, das kann euch teuer zu stehen kommen. Also denkt morgen an eure Aussage, zusätzlich machen wir einen DNA-Test, damit wir euch als Täter ausschließen können", mahnte Bruns die beiden noch mal an und nahm die Personalien der beiden auf.

Sie versicherten, am nächsten Morgen pünktlich aufs Präsidium zu kommen, verhielten sich beide sichtlich beeindruckt und brav. Bruns ging zu seinem Fahrzeug und machte sich zufrieden auf den Weg in die Altstadt zu Jimmy's Altstadt Café, nachdem er sich die Fotos auf dem Handy angeschaut hatte. Er schüttelte noch während der Fahrt mehrmals den Kopf hinsichtlich der Fotos, die so einiges über Schanters Vorlieben preisga-ben. Schanters Handy hatte er mit Handschuhen in einer Plastiktüte verstaut und auf den Rücksitz gelegt, damit keine Spuren verfälscht werden konnten.

## Weihnachtsmann…

„Oh Tannenbaum, oh Tannenbaum", trällerte Hinnerk Doden gut gelaunt vor sich hin und fuhr von Jemgum in Richtung Leer. Er parkte sein Auto kurz hinter der Dr.-Vom-Bruch-Brücke auf einem der drei Parkplätze vor dem Teehaus. Von hier aus konnte er bei Bedarf schnell wieder abfahren. Er blieb zunächst als Weihnachtsmann verkleidet im

Fahrzeug sitzen und schaute sich in alle Richtungen um. Rund um das Rathaus und um das Restaurant „Die Waage" sowie von der Neuen Straße aus, liefen Passanten über die Fahrbahn, um in die Altstadt zu kommen. Die festliche Beleuchtung und liebevolle Dekoration zog Unmengen von Gästen in die Altstadt Leer und viele machten dort weihnachtliche Fotos und Selfies. Einer der aufgestellten Riesen-Nussknacker am Rathaus war ein beliebtes Fotomodell für Gruppen und Paare.

Doden musste sich gedulden und warten, die belebte Altstadt war im Moment ungünstig für sein Vorhaben. Er entschied sich noch schnell ein paar Süßigkeiten zu besorgen, falls er in der Stadt auf Kinder treffen sollte. Nachdem er beim nahegelegenen Discounter Bonbons und Schlickerstangen geholt hatte, machte er einen großen Bogen um Leer herum über die Umgehungsstraße, um von der anderen Seite des Hafenbeckens den gleichen Parkplatz anvisieren zu können. Zu seinem Glück war der vordere erste Parkplatz gerade wieder frei geworden und so stellte er den Wagen dort ab. Wieder blieb er zunächst im Fahrzeug und beobachtete die Lage. Zweimal hatte Lars Bakker ihn schon angerufen und genervt. Wo er denn bleiben würde, ob etwas geschehen wäre und überhaupt, warum das so lange dauern würde und...und... und. Am Ende hatte er das Handy dann ausgeschaltet. Er konnte keine Anspannung gebrauchen, nicht jetzt. Doden konnte sein Fahrzeug noch nicht verlassen, zu viel Bewegung auf der Straße. Er blieb weiter sitzen und überflog die neuesten Meldungen der Presse auf seinem Handy. Der Diebstahl des Kratzsteines bei Wein Wolff war schon Thema in den sozialen Netzwerken und er las die vielen Kommentare dazu. Auch die Verletzung von Jimmy wurde thematisiert und als brutale Tat kommentiert. Jimmy und sein Altstadt Café waren halt sehr beliebt und nach dem Trubel um den „Knüppeltorten Mord" natürlich aktueller denn je. Jimmy verkaufte seitdem so zwölf ostfriesische Knüppeltorten als Stückware pro Woche. Auch ein weiteres ansässiges Café in der Altstadt wollte diese alte ostfriesische Süßspeise mittlerweile wieder in ihr Programm aufnehmen.

Der Moment schien günstig, Doden setzte sich seine Weihnachtsmannmütze auf, versteckte sein Gesicht hinter einem langen weißen Bart und packte die Süßigkeiten in seinen roten Mantel. Er schaute sich noch mal kurz um und stieg aus. Mit schnellen Schritten bog er um die Ecke in die Altstadt ein. Kaum fünf Schritte gelaufen, standen zwei Kinder vor ihm. „Oh, der Weihnachtsmann, hast du uns auch etwas mitgebracht?" rief der eine Junge ihm zu. „Ho, ho, ho! Ja natürlich! Wart ihr denn auch immer lieb?" fragte er die Kinder und versuchte, ruhig zu bleiben. „Natürlich, wir sind immer lieb", lachten die beiden Kinder und grinsten ihn erwartungsvoll an. Doden griff in seine Manteltasche und verteilte ein paar Süßigkeiten an die Kinder. Die bedankten sich und zogen davon. Kurz vor dem Samson-Haus von Wein Wolff kam ihm Tina Hensel, eine immer fröhliche und nette Altstadtbewohnerin, entgegen. Mit ihrem Fahrrad, der „blauen Elise", war sie täglich unterwegs. Sie war bei vielen in der Altstadt bekannt, schon durch die auffällige blaue Farbe ihres Fahrrades und ihre freundliche Art. „Na, wer ist denn da unterwegs, der Weihnachtsmann, bekomme ich auch etwas?" lachte sie und stieg ab. Doden versuchte die Fassung zu bewahren, ihm war nun wirklich nicht nach Small Talk zumute, aber er reagierte freundlich: „Ho, ho, ho! Heute bin ich nur für die Kinder unterwegs, nächste Woche dann für die Erwachsenen", gab er lächelnd aber doch ein bissel genervt zurück. „Dann komme ich nächste Woche noch eben wieder vorbei hier und warte auf dich, lieber Weihnachtsmann", lachte Tina laut und zog ein wenig verspielt an seinem weißen Bart. Doden griff blitzschnell nach seinem Bart und hielt ihn fest. Er konnte gerade nicht mitlachen und warf Tina Hensel einen wütenden Blick zu. „Die Idee mit dem Kostüm war echt 'ne Niete", dachte er. Logisch, dass er hier an so einem Tag angehalten werden würde. Logisch, dass er Aufmerksamkeit auf sich zog. „Blöde Idee", dachte er noch mal und ging einfach weiter. Bei Wein Wolff betrat er den Laden, war immer noch wütend über Tina Hensel, die seine Deckung fast zerstört hatte.

## Bei Jimmy's...

„Nu givt dat eers mol Tee un Knüppeltort", freute sich Okko Bruns als er Jimmy's Altstadt Café mit Lana Booken und Lennert Jakobs betrat. Jimmy begrüßte die drei Beamten und sie sprachen zunächst über den Diebstahl des Kratzsteines bei Wein Wolff und Jimmys Kopfverletzung. Er fühlte sich aber wieder absolut fit und war sehr gefasst. Bruns versicherte ihm eine schnelle Aufklärung, aktuell herrsche aber Personalmangel. Dabei wies er auf die wiederkehrenden Beamten Pommer und Jensen hin. Jimmy zeigte den dreien ihren Stammplatz am Fenster. Die Beamten setzten sich gut gelaunt an den Tisch und bestellten ihren Tee und jeweils ein Stück Knüppeltorte. „Sag mal Jimmy, was ist denn heute bei Wein Wolff los, da ist ja Hochbetrieb?" erkundigte sich Okko. „Ach so, ja, da ist heute die Präsentation des neuen Likörs Wolffs Glück, schmeckt super, ich hab auch schon für das Café bestellt", gab Jimmy fröhlich zurück. „Na guck mal einer an, da kommt sogar der Weihnachtsmann und bringt Geschenke", lachte Lana Booken und zeigte auf die kostümierte Gestalt, die gerade zu Wein Wolff hineinging. „Ich denke, der probiert nun auch erst mal", ergänzte Lennert und lachte auch laut auf. Jimmy brachte Getränke und Torte und schaute auch aus dem Fenster. „Ich glaube, Meerwiefke e. V. ist heute da, vielleicht haben die ja einen Weihnachtsmann bestellt", er schaute die Beamten schulterzuckend an. „Ist ja auch egal, nu ers mol een Tee", Okko goss den beiden Beamten und sich selbst ein.

„Also, die Rossi geht mir echt auf die Nerven. Sie meinte heute allen Ernstes, bis Montag haben wir den Täter, dabei haben wir noch nichts wirklich Brauchbares, was auf einen oder eine Hauptver-dächtige hinweist", begann Bruns die nachdienst-liche Besprechung. „Wir haben aber doch die DNA zweier Personen in Schanters Hummer", gab Lana zurück. „Ja, das haben wir und seit vorhin nun auch Schanters Handy", bestätigte Okko Bruns stolz seinen Fund. „Was? Du hast das Handy von ihm? Wo hast du das denn gefunden und was ist drauf, irgendwelche neuen Erkenntnisse für uns?" fragte Lennert ungeduldig. „Ja, ein paar Dinge sind drauf. Bilder, ein paar Nummern und Ordner, müssen wir morgen früh in der KTU auswerten lassen", bestä-tigte Okko seinen Fund. „Fakt ist, Schanter hatte wenig soziale Kontakte, keine Familie und wohl keine echten Freunde hier in Leer. Er war übrigens auch Mitglied im Meerwiefke e. V. und hätte dann ja heute auch bei Wein Wolff sein können", ergänz-te Bruns leicht melancholisch. „Wenn er nicht zufällig in ein Messer gefallen wäre", grinste Lennert leise. „Lennert, Mann, sei mal bissel empathisch, oller Holzklotz", stupste Lana ihn in die Rippen. „Sag mal, wie viele Weihnachtsmänner hat Wein Wolff heute eigentlich zu Gast? Da rennt ja wieder einer rein!" Lana beobachtete gerade das Geschehen. „Vielleicht hat er ja sein Wolffs Glück vergessen", lachte Okko und genoss Tee und Torte. „Fand den gerade nun aber bissel hektisch für einen Weih-nachtsmann", stellte Lana für sich fest. „Lana sieht wieder mal Gespenster", lachte Lennert und schaute nun auch aus dem Fenster. Jimmy brachte frischen Tee nach und schaute nun auch rüber zu Wein Wolff. „Guckt mal, ein joggender Weihnachtsmann!" lachte er und zeigte auf eine sich schnell bewegende kostümierte Gestalt, die hastig bei Wein Wolff aus der Tür kam und im Wilhelminengang verschwand. Die drei Beamten, die kurzzeitig vom Geschehen abgewandt waren, schauten nun erstaunt und plötzlich intuitiv aus dem Fenster.

„Da ist was passiert, da stimmt was nicht, da ist was faul, ich wusste es", funkelte Lana die beiden anderen an. „Nu mal ruhig Blut, erst eben abwarten, wir gehen gleich mal rüber und schauen", beruhigte Bruns Lana. „Nix abwarten, schau mal, da kommen immer Leute raus, die haben Panik, da ist was passiert", Lana sprang auf und rannte zur Tür. „Laaaaana, bleib hier, du hast Innendienst!"

versuchte Okko Bruns sie aufzuhalten, aber Lana war schon auf der Straße und mitten im Geschehen.

## Wolffs Glück, die dritte, kurzer Rückblick...

„Liebe Gäste des Vereins Meerwiefke e. V.", begann Hans Hermann Böse die Präsentation des neuen Likörs Wolffs Glück im Ritterzimmer der Weingroßhandlung Wein Wolff.

„Heute möchten Jan Wolff unser Geschäftsführer, Stefan Mennenga unser Brennmeister und ich Ihnen eine ganz neue Kreation aus dem Hause Wein Wolff vorstellen. Mit dem Wolffs Glück verbinden wir Kirsche, Heidelbeere, Himbeere, Apfel mit gereiftem Jamaika Rum und einem Hauch Kirschwasser, sowie einer echten Vanilleschote zu einem völlig neuen Genuss. Die dominierende, fruchtige Note, in Kombination mit leichter Süße und einer Vanille-Unternote, machen unseren Wolffs Glück zu einem echten Spitzenlikör. Er schmeckt solo, auf Eis oder auch als Longdrink mit Sekt und einem Schuss Mineralwasser und wirkt durch seine fruchtige Zusammensetzung wie ein süßes Spiel auf der Zunge. Genießen Sie ihn und lassen Sie ihn ein Weilchen auf Ihrer Zunge rasten", fuhr Böse fort und begann, den etwa fünfzehn anwesenden Mitgliedern ein gut gefülltes Gläschen zu geben. „Ich möchte noch eben hinzufügen, dass wir bei der Kreation des Likörs auf

einen ganz besonderen Jamaika Rum zurückge-
griffen haben, um den vollen Geschmack der verschiedenen Früchte zu untermalen", fügte Stefan
Mennenga hinzu. „Wein Wolff stand und steht
immer für Regionalität, Bezug zur friesischen Geschichte, aber natürlich auch für den überregio-
nalen Bedarf an qualitativ hochwertigen Likören,
Bränden und Weine", rundete Jan Wolff die Präsentation ab. Stefanie Helbach und Jessica
Brinkmann stimmten nickend zu und unterstützten
Böse bei der Verteilung der Gläser.
Alle standen auf engstem Raum im Rittersaal in der
Runde und kein Stuhl war besetzt. Durch die ein-
setzende Dämmerung und die festliche Beleuchtung, war es relativ dunkel im Raum. Es wirkte alles
sehr feierlich und fast mystisch. Ein sehr weihnachtliches Gefühl. In dem Moment, als die Mitglieder von Meerwiefke e. V. den drei Wortführern von
Wein Wolff mit ihren Gläsern zuprosteten, gab es
ein dumpfes Geräusch. Johannes Jaspers, einer
der Mitglieder, fühlte plötzlich einen tiefen Schmerz
im Rücken, wollte sich noch umdrehen, sackte
dann aber langsam in sich zusammen. Die anderen Beteiligten hatten die Situation noch gar nicht
erfasst, zu laut war das Gebrabbel und zu intensiv
die Konzentration auf das neue Getränk. Jessica
Brinkmann sah genau in diesem Moment eine rot
gekleidete Gestalt sich auf dem Schuh drehend
und dann blitzartig wieder über die kleine Treppe

nach unten rennend. „He, hallo! Was machen Sie da? Sie haben mir den Brief doch schon gegeben, ich überreiche ihn nach der Veranstaltung Herrn Wolff, hatte ich doch versprochen, manno!" schrie sie ihm noch nach, hatte aber Jaspers noch gar nicht bemerkt. Stefanie Helbach hingegen sah Jaspers am Boden liegen, aber nicht die rote, flüchtende Gestalt. Sekunden später brach Panik aus und die Mitglieder sowie Böse, Wolff, Mennenga und die beiden Frauen realisierten das Geschehen. Jan Wolff und Hans-Hermann Böse rannten auf Jaspers zu. Jessica versuchte, durch die Menge zur kleinen Treppe zu kommen, um der flüchtenden Gestalt zu folgen. Sie hatte aber keine Chance. Die übrigen Mitglieder versuchten, sich ebenfalls über die Treppe nach unten in Sicherheit zu bringen. Als Jessica endlich unten ankam, stand die Tür sperrangelweit offen. Ein Teil der Mitglieder stand schon draußen und sie benutzten ihre Handys, um einen Notruf abzusetzen.

## Auftrag erfüllt...

Hinnerk Doden kam gut gelaunt wieder in Jemgum an. Er öffnete die Fahrzeugtür und wurde schon ungeduldig von Bakker erwartet. „Und? Wie ist es gelaufen, Hinnerk?" fragte Lars und zog ihn ins Haus. „Nu man langsam an mit den jungen Pferden, Lars, lass mich mal erst eben ankommen", beruhigte Hinnerk seinen Kumpel. Sie setzten sich ins Wohnzimmer und Lars konnte kaum erwarten, was Hinnerk zu berichten hatte. „Alles gut, ich habe der Verkäuferin den Umschlag gegeben, da war zu viel los, als dass ich noch länger warten konnte. Sie wollte ihn gleich nach der Veranstaltung an ihren Chef weitergeben. Vorher musste ich noch eine Runde drehen, da war so viel Volk in der Stadt, aber am Ende hat alles wie besprochen geklappt", fuhr er fort. „Bist du sicher, dass der Umschlag zu Herrn Wolff kommt?" bohrte Lars noch mal nach. „Ja Mann, nun warten wir erst mal ab und du beruhigst dich wieder. Ich musste den Scheiß-Job heute machen, du hattest diese bescheuerte Idee mit dem Kostüm. Ich hab nun alles genauso gemacht, also vertrau mir auch, wir warten bis morgen Abend", wurde Hinnerk nun ein bissel energischer. Lars holte einen Isegrim aus dem Kühlschrank und goss zwei Gläser großzügig voll. „Na dann mal Prost, Hinnerk! Auf, dass der olle Stein wieder ins Rollen kommt", prostete er Hinnerk zu. „Prost Lars, so is dat, wir sind schon ein tolles Team", grinste er zurück und goss sich den Isegrim in den Hals. „Übrigens, als ich zum Auto zurückgelaufen bin, kam mir noch ein Weihnachtsmann entgegen, das war echt merkwürdig, der wirkte echt heftig, so gar nicht wie ein Weihnachtsmann. Stell dir mal vor, wir hätten mit zwei Weihnachtsmännern bei Wolff im Laden gestanden", lachte Hinnerk. „Wieso, das wäre doch gar nicht so schlecht gewesen, dann hätten die Bullen tüchtig was zu rätseln gehabt", lachte Lars zurück und goss beiden erneut einen Likör ein.

## Abwechslung...

Auf dem Weg nach Hause dachte sie noch an das Treffen am Sperrwerk zurück. Mittlerweile schneite es wieder leicht und sie fuhr entsprechend den Wetterverhältnissen langsam. Sie brauchte nun mal diese Abwechslung zur langjährigen Ehe. „Männer nehmen sich zuweilen auch was sie brauchen", dachte sie bei sich und hörte gerade Radio Ostfriesland. Ihre Bekanntschaften waren aber mittlerweile zunehmend fordernder geworden. Die Männer wollten bei ihr merkwürdigerweise immer mehr, mehr als nur ein bissel Zärtlichkeit und guten Sex. Dazu war sie aber nicht bereit. Absolut nicht. Sie lebte ja nicht schlecht, Geld war genug da und ihr Mann brauchte nicht mal mehr arbeiten und war frühzeitig in den Ruhestand gegangen. Verkaufte und kaufte noch ab und zu Immobilen, aber das war's auch. Er war schon vom Elternhaus sehr vermögend, aber als Mann eher langweilig. „Wenn man dann aber ein sicheres Leben und dabei etwas Abwechslung haben konnte, war es doch okay", dachte sie, mit sich und ihrem Leben zufrieden. Sie bog auf das Grundstück ihres Anwesens in Loga ein. Das große Haus mit dem schönen Wintergarten war festlich geschmückt und strahlte etwas ganz Besonderes aus. Sie liebte das Haus, die Nachbarschaft dort und ihre gesellschaftliche Stellung. Ja, sie war bekannt durch ihren Mann, sie war beliebt und gern gesehen. Sie betätigte die Fernbedienung des Garagentoröffners und parkte den Eos. Natürlich hatte sie noch ein paar Dinge besorgt, „Alibi-Funktionen" nannte sie das. Schnell ging sie durch die Garagentür in den hinteren Flur, schaute sich um, ihr Mann konnte noch nicht zu Hause sein, der Wagen war nicht da. „Gott sei Dank", dachte sie, ging ins Badezimmer und duschte sich erst mal alle Fremdgerüche ab. „So eine Dusche nach richtig gutem Sex, ist doch etwas ganz Besonderes", dachte sie beim Abtrocknen und ging ins Wohnzimmer. Ihr Handy gab per Ton eine WhatsApp Meldung kund. Sie schaute nach und las:

*Hallo Schatz, ich schaffe es leider nicht früh genug nach Hause zu kommen. Hanno möchte noch eine Geschäftsidee mit mir besprechen, ich kann da vielleicht einsteigen. Warte nicht auf mich, wird später!*

„Dieser Hanno wieder, immer dieser Hanno, bester Freund", dachte sie und schmiss das Handy wütend aufs Sofa. Sie goss sich ein großzügiges Glas Wein ein und schwang sich aufs Sofa, antwortete noch: *Ja, ist okay, bis später, ich warte dann auf dich* und schlief binnen weniger Minuten erschöpft vom Tag ein.

# Blanke Wut…

Er hatte Glück gehabt, mächtig viel Glück. Um ein Haar wäre er heute aufgeflogen. Riskant wäre als Definition wohl untertrieben. Seit Monaten hatte er „DAS" nun geplant. Sie und ihre Eskapaden beobachtet, ihre ständigen Begegnungen und dann sein Vorhaben sorgsam vorbereitet und durchgeführt. Genau wie bei diesem Bastard an der alten Festung Leerort, diesem Horst Schanter. Nur dieses Mal hatte er geschossen, alles andere wäre zu riskant gewesen. Gerne hätte er diesem Jaspers auch ein Messer in den Rücken gerammt, aber das war ja schief gelaufen, er dachte an seinen Patzer am Sperrwerk. Bei Wein Wolff waren aber zu viele Menschen, zu eng für einen gezielten Messerangriff. Darum hatte er eine Waffe mit integriertem Schalldämpfer gewählt, nur war ihm die verdammte Patronenhülse abhandengekommen. Er hatte mit links aufgesetzt und geschossen, mit rechts hatte er die Hülse aufgefangen und in der rechten Hosentasche verschwinden lassen. Trotzdem war sie weg, er war einmal um den Pudding gelaufen, durch den Wilhelminengang, am Hafen und wieder zur Rathausbrücke zurück. Irgendwo dort musste er sie verloren haben. Er ärgerte sich maßlos, konnte die Hülse aber einfach nicht wiederfinden. Ja, er war zum Mörder geworden, kaltblütig und verhasst. Und alles nur wegen einer Frau. Seine große Liebe hingegen hätte es ewig gut bei ihm haben können, sehr gut. Er hatte Geld, Vermögen und eine sichere Zukunft. Sie hatten darüber gesprochen, er hatte ihr oft und gerne vertraut, so, wie es eigentlich auch sein sollte, wenn man sich ewig kennt. Und nun war er nur noch wütend, so wütend wie noch nie in seinem Leben. „Diese Schlampe", dachte er und riss sich die Verkleidung vom Leib. Das Weihnachtsmannkostüm verstaute er in einem Plastiksack und rannte in die Garage. Dort verstaute er alles in einem Pappkarton im Kofferraum seines Porsches. Er musste es möglichst schnell loswerden, und dazu hatte er eine Idee.

Ja, er hatte sie geliebt, sie bewundert und vergöttert. Und nun war er nach vielen langen Jahren aufgewacht, denn zu oft hatte sie ihn enttäuscht und hintergangen. Er dachte darüber nach, wie sie sich kennengelernt hatten, eine echte Jugendliebe. Der erste Kuss, die erste Berührung ihrer Haut, das erste Mal. Aus seiner Sicht wären sie eigentlich das ideale Traumpaar gewesen, eigentlich... Er duschte sich hastig ab und setzte sich mit einer Flasche Bier ins Wohnzimmer. Er war noch nicht fertig, noch nicht ganz, er hatte sein Vorhaben noch nicht zu Ende gebracht. Da war noch einer, den er auf seinem Zettel hatte und ja, danach würde er sie erniedrigen, ihr noch einmal richtig Schaden zufügen. Sie sollte leiden, so richtig leiden und er wollte Zuschauer sein, er wollte alles aus sicherer

Entfernung genießen. Er trank das Bier in drei Zügen und glotzte in die Flimmerkiste. Er wollte sich einen Moment ablenken, mal einen Moment nicht an sie denken, aber es gelang ihm nicht. Zur Ruhe kommen, einen Moment ausruhen, sein Kopf explodierte bei den vielen Gedanken. Dann fielen ihm die beiden Liebhaber wieder ein und er dachte, was dieser Schanter wohl hatte, was er ihr nicht hätte bieten können? Und dann der Vollpfosten Jaspers, wie konnte sie sich nur solchen Gestalten hingeben? Es schüttelte ihn bei dem Gedanken, dass diese beiden Typen sie berührt hatten. Und dann war da noch dieser Kotzbrocken Landers aus Heisfelde. Er hatte ihn einmal gesehen, wie er mit ihr Hand in Hand im Park an der Evenburg spazie- ren gegangen war. Mit dem hatte sie sicherlich auch was gehabt und hatte noch immer was mit ihm. Das, genau das stand auf seinem Zettel, das wollte er zeitnah klären und entsprechend han- deln. Am Ende wollte er ihr wehtun, so wie sie ihm, nur wollte er vorher auch den schwa… gesteuerten Stechern wehtun, denn auch die taten ihm weh. Er war entschlossen zu handeln und gespannt auf die Konsequenzen. Mit diesen Gedanken ging er zum Kühlschrank und holte sich eine zweite Flasche Bier und trank sie in drei Zügen leer. Er vergrub sich in seinen traurigen Gedanken und mentalen Verletzungen. Und wie so oft griff er nach seinem Handy und schaute sich Bilder von ihr an. Irgendwann fielen ihm die Augen zu und er schlief ein.

## Wolffs Glück, die vierte…

„Was ist denn los, was ist passiert?" rief Lana den aufgeregten Mitgliedern von Meerwiefke e.V. zu, als sie vom Jimmy's Altstadt Café auf die Straße kam. „Da oben, da oben bei Wein Wolff liegt ein Mann, der blutet, wir brauchen sofort einen Krankenwagen!" rief ihr einer entgegen. Okko Bruns und Lennert Jakobs waren nun auch auf der Straße. „Lana, du musst sofort wieder zu Jimmy reingehen, du hast Innendienst, du darfst hier nicht bleiben", redete Lennert auf Lana ein. „Offiziell gilt das erst ab morgen Lennert", rief Lana hastig zurück und verschwand blitzschnell bei Wein Wolff vorne im Laden. Lennert folgte ihr. Sie rannten die Treppe zum Privatmuseum hinauf in den Rittersaal. Okko folgte den beiden ebenfalls und kam zehn Sekunden später oben an. Auf dem Fußboden lag ein Mann in einer Blutlache. Jan Wolff und Hans-Hermann Böse knieten bei ihm und hielten seinen Kopf. „Lebt der Mann noch?" fragte Lana Böse. „Ja, er lebt, aber er verliert sehr viel Blut, es scheint eine Schusswunde im Rücken zu sein, wir können sie nicht stillen", gab Jan Wolff kurz zurück und wischte dem Mann immer wieder den Schweiß von der Stirn. Lana beugte sich über den Verletzten und versuchte, mit ihrer Hand die Wunde im Rücken zu erreichen. Sie fühlte den Blutaustritt und drückte ihren Finger in die Wunde. „Okay, ich fühle die Einschussstelle, ich versuche sie zu schließen", rief Jana ihren Kollegen zu. Binnen fünf Minuten waren Krankenwagen und Notarzt aus dem Klinikum Leer vor Ort und übernahmen den Verletzten. Er war nicht bei Bewusstsein, aber noch am Leben. Die Mitglieder von Meerwiefke e.V., fast alle noch im Schockzustand, rannten hin und her. Manche weinten einfach drauf los. „Alle mal herhören", begann Okko Bruns sofort die Ermittlung zu übernehmen. „Ich bitte Sie, alle hier zu bleiben, damit wir die Zeugenaussagen auf-nehmen können. Wir werden uns beeilen und meine Kollegen und ich teilen uns auf, damit Sie möglichst schnell wieder nach Hause kommen. Erst mal müssen wir alle hier den Tatort verlassen, damit die Spurensicherung ihre Arbeit machen kann", wies er die Anwesenden an. Okko Bruns teilte die Anwesenden in drei Gruppen auf. Eine Gruppe ging mit Lana zu Jimmy ins Altstadt Café, eine blieb mit Lennert unten bei Wein Wolff im Verkaufsraum und er selbst ging in Hans-Hermann Böses Büro mit der dritten Gruppe. Die drei Beamten nahmen eine Vielzahl von Aussagen auf, und binnen zwei Stunden konnten die meisten Zeugen wieder nach Hause gehen. Hans-Hermann Böse, Jan Wolff und Stefan Mennenga blieben vor Ort, sie mussten noch befragt werden. Lana und Lennert kamen dazu, um die Aussagen von

Stefanie Helbach und Jessica Brinkmann aufzunehmen, auch sie waren natürlich geblieben. Sie hatten den Mitgliedern von Meerwiefke e. V. den Vortritt gelassen, damit diese schnell nach Hause konnten. „Ihr habt das Ganze aus der Präsentationssicht gesehen, also den Täter kommend", begann Okko mit seiner Befragung. „Ja, ich möchte als erste aussagen", begann Jessica Brinkmann ihm ins Wort zu fallen. „Na denn mal los, wenn ihr alle nichts dagegen habt, können wir das hier gemeinsam machen", ergänzte Bruns noch. Lana und Lennert nahmen die Aussagen per Handy auf.

„Da war dieser Weihnachtsmann, der kurz vor der Präsentation des Wolffs Glück in den Verkaufsraum kam und mir einen Umschlag für Herrn Wolff überbrachte", begann Jessica die Geschehnisse zu schildern. „Was für ein Umschlag denn?" fragte Jan Wolff nach. „Habe ich Ihnen noch nicht gegeben, sorry, hatte es völlig vergessen, hier ist er", Jessica gab Jan Wolff den Umschlag. „Stopp, bitte nicht öffnen, geben Sie ihn mir bitte", fiel Bruns ihr ins Wort und nahm den Umschlag sofort mit Handschuhen an sich. Er öffnete ihn und las aufmerksam:

*Montag um 12:00 Uhr auf der Bank oben am Plytenberg. 5000 Euro in kleinen Scheinen, dann bekommen sie ihren alten historischen Kratzstein wieder. Sollten Sie der Aufforderung nicht nach-*

*kommen, versenken wir das Ding in der Leda. Und:*
*KEINE POLIZEI!!*

Okko zeigte den Umschlag hoch und las noch mal laut vor. „Na, da möchte sich der Weihnachtsmann selber beschenken", versuchte er die Stimmung etwas aufzulockern. „Ich zahle doch keine 5000 Euro für einen alten Stein", fuhr Jan Wolff erbost auf. „Wir sollten nachher in Ruhe darüber reden, Jan. Der Stein hat für Wein Wolff schon eine besondere Bedeutung. Ich glaube aber nicht, dass das etwas mit dem gerade Vorgefallenen zu tun hat", beruhigte Böse ihn. „Was hier mit etwas zu tun hat, wissen wir noch nicht. Fakt ist, hier sind zwei Straftaten verübt worden, die Zusammenhänge müssen wir noch klären", entgegnete Bruns knapp. „Frau Brinkmann, fahren Sie fort", sprach er Jessica nun wieder an. „Ja, okay, also der Weihnachtsmann ging dann wieder und wir haben uns oben mit dem Verein zur Präsentation begeben. Als wir dann zum Ende der Vorstellung den Wolffs Glück ausgeschenkt haben, kam der Weihnachtsmann plötzlich wieder die Treppe rauf. Es gab ein dumpfes Geräusch und er rannte die andere, die kurze Treppe zu den Büros wieder runter. Dann brach Panik aus, als der Mann am Boden lag. Ich wollte dem Weihnachtsmann schnell folgen, kam aber zu spät unten an, da war er schon weg", antwortete Jessica. „Wieso wollten Sie ihm denn folgen, Frau Brinkmann?" fragte Bruns nach. „Weil ich dachte, er hat noch was vergessen. Den Verletzten da oben habe ich doch gar nicht wahrgenommen", ergänzte sie die Aussage. „Okay, deckt sich diese Aussage mit Ihren Wahrnehmungen?" fragte Okko nun in die Runde der anderen Mitarbeiter. „Also, ich habe den Weihnachtsmann nicht wirklich wahrgenommen, weil ich am Ausschenken und mir der Blick versperrt war. Dafür habe ich aber sofort den Verletzten am Boden gesehen, ebenso wie Herr Wolff und Herr Böse auch. Wir sind sofort zu ihm hin, dachten, ihm wäre schlecht geworden", gab Stefanie Helbach zu Protokoll. Die anderen nickten und bestätigten Helbachs Aussage. „War der Weihnachtsmann denn derselbe, der den Umschlag zuvor hierher gebracht hat?" bohrte Okko noch mal in Jessicas Richtung. „Na, wie Weihnachtsmänner halt aussehen! Meine Güte, rot und mit Bart. Was soll ich sagen, ob das derselbe war, ich gehe erst mal davon aus, so viele rennen hier ja nun auch nicht davon hier rum", entgegnete Brinkmann nun etwas energischer. „Es ist so, jedes Detail ist wichtig, jedes Merkmal, jeder Unterschied, Frau Brinkmann. Ich glaube gerade nicht, dass es derselbe war. Bitte denken Sie noch mal in Ruhe nach", erwiderte Bruns nun ebenfalls energisch. „Ich kann nun mal nur sagen, was ich gesehen habe: roter Mantel, weißer Bart und Rucksack", antwortete Jessica. „Okay, dann wir warten ab, was die Spurensicherung hier zutage bringt.

Bis zur Freigabe bleibt die Weinhandlung dann aber bitte geschlossen. Ich melde mich, sobald Sie den Laden wieder öffnen können", wies Bruns Wolff und Böse an. „Wegen des Erpresserbriefes für den Kratzstein schicke ich gleich zwei weitere Kollegen zu Ihnen, die die weiteren Schritte mit Ihnen besprechen. Ist das für Sie in Ordnung?" fragte Bruns und wandte sich an Jan Wolff. „Ja, das ist okay, wir entscheiden aber erst intern, wie wir als Unternehmen damit umgehen. Ich werde unseren Anwalt konsultieren und die Dinge mit ihm besprechen", gab Wolff zurück. „Machen Sie das, es bleibt aber immer eine Straftat und wir können die Zusammenhänge mit dem Opfer noch nicht ganz ausschließen. Daher wäre es besser, auch bezüglich der Erpressung mit uns zusammenzuarbeiten", antwortete Bruns knapp. Jan Wolff nickte zustimmend und wandte sich seinem Einkäufer zu. Die beiden besprachen sich in Jan Wolffs Büro.

„Wir fahren nun direkt zum Krankenhaus und versuchen, den Verletzten zu befragen. Lana, du fährst aber bitte nach Hause und schonst dich", entschied Okko Bruns das weitere Vorgehen und bedankte sich noch mal bei den Mitarbeitern und der Geschäftsleitung von Wein Wolff. Aus der Befragung der Mitglieder des Vereins Meerwiefke wusste Bruns, dass es sich bei dem Verletzten um einen Johann Jaspers handelte. Ein völlig unbeschriebenes Blatt, ohne Vorstrafen oder Auffälligkeiten. Seine Befragung könnte die Ermittlungen ein ganzes Stück voranbringen. „Ich würde aber gerne mitfahren, Okko", bat Lana ihn nun. „Nix, mien Deern, du hörst up Sofa", plapperte Okko auf Plattdeutsch und strich über ihren linken Arm. „Hast aber heute noch mal alles gegeben, danke schön Lana", ergänzte er. Lana zog ein bissel enttäuscht ab. Bruns und Jakobs begaben sich auf den Weg ins Krankenhaus. Als dann Okko Bruns Handy klingelte und er die Nummer auf dem Display sah, ahnte er, dass sie nicht mehr zum Krankenhaus fahren mussten. „Bruns, ja, ich höre", meldete er sich. „Okay, verstanden, wir kommen trotzdem kurz rein", er legte auf und schaute Lennert an. „Jaspers ist gerade im Krankenhaus verstorben, wir fahren da aber noch eben hin", wies er Lennert an.

## Minouche…

„Ich hätte gerne noch ein Glas Rotwein", bestellte Kriminalrätin Maria Rossi sich freundlich ein weiteres Getränk. „Ich bitte auch", ergänzte ihre beste Freundin Mareike Meyer lächelnd und zeigte auf die leere Flasche am Tisch im gemütlichen Bistro am Denkmalplatz in Leer. Die weihnachtlichen Stände, der Duft und die Ausschmückung verliehen der Fußgängerzone einen besonderen Flair. Die Stadt war mal wieder voller Menschen, überall buntes Treiben und überall weihnachtliche Musik.

Leer gab sich jedes Jahr als Einkaufsstadt Ostfrieslands ganz viel Mühe zur Ausschmückung und Ausstattung der Fußgängerzone. Die Besucherzahlen zur Weihnachtszeit stiegen von Jahr zu Jahr weiter an. Von Bremen, Oldenburg und auch aus den Niederlanden strömten die Massen ins kleine Leer.

„Na, dann lass uns doch noch eine Flasche zusammen nehmen", entschied Rossi und nickte der Bedienung zu. „Ja, gerne, wir haben auch Wein und Brot als Kombi, soll ich euch das bringen?" fragte er nach. „Gute Idee, das passt heute super", stimmten beide Frauen dem freundlichen Angebot zu. „Sag mal Maria, klappt das denn auch immer mit meiner kleinen Frieda bei euch im Büro? Ich mag dir das gar nicht zumuten", hakte Mareike wegen ihrer Hündin nach, auf die Rossi jeden Donnerstag aufpasste und mit ins Büro brachte. „Logisch Mareike, gar kein Thema, ich mache das doch gerne. Frieda ist immer so lieb und absolut nicht kompliziert, mach dir keinen Kopp", beruhigte sie ihre beste Freundin. „Na dann ist gut, hatte schon ein schlechtes Gewissen", erwiderte Mareike Meyer zufrieden. Maria Rossi setzte gerade zum ersten Schluck ihres Rotweins an, als ihr Handy klingelte. Sie sah auf das Display und erkannte sofort, dass es wichtig sein musste. „Rossi hier, was gibt's, Herr Bruns?" fragte sie energisch nach. „Ah okay, ja okay, ich verstehe, ich komme heute Abend noch eben ins Büro. Wann sind Sie im Krankenhaus fertig?" fragte sie nach. „Okay, oh Mann, das ist ja schrecklich. Gut, dass Sie mich sofort angerufen haben", bedankte sich Rossi bei Okko Bruns. „Wir haben ein erneutes Tötungsdelikt, diesmal in der Altstadt, Mareike. Ich muss gleich los, mehr darf ich leider nicht sagen aber es ist schrecklich", stöhnte Maria Rossi und trank noch schnell einen Schluck Wein. „Ach du Scheiße, das hört ja gar nicht mehr auf mit den Toten. Ich habe gestern gelesen, dass in Leerort jemand tot aufgefunden wurde", schauderte es Mareike und sie schüttelte sich ein wenig. „Nein, ist leider im Moment echt sehr viel los. Und dann wurde zu guter Letzt auch noch der alte Kratzstein bei Wein Wolff geklaut, der Wirt vom Altstadt Café verletzt und wir, wir wissen im Moment nicht, wo wir zuerst hinsollen. Hatte mir das alles ein wenig entspannter vorgestellt, hier in Leer", erwiderte Maria Rossi enttäuscht. Die beiden bezahlten und verabschiedeten sich herzlich.

Rossi bahnte sich einen Weg durch die Menschen-massen Richtung Nesse zum Kommissariat. Auf dem Weg dorthin hatte sie ihr Auto vorsorglich zu Hause abgestellt und war nun zu Fuß kurze Zeit später im Büro. Bruns und Jakobs warteten dort schon. „Wieso sitzen Sie in meinem Büro, auf meinem Stuhl, Herr Bruns?" polterte Rossi in ihr Büro. Immer wenn sie aufgeregt war, wackelte ihr

Dutt auf dem Kopf. Bruns und Jakobs erkannten das mittlerweile sofort und amüsierten sich jedes Mal. „Weil ich hier auf Sie gewartet habe, Frau Rossi, und das, wohlgemerkt, nach Feierabend", antwor-tete er knapp. „Das können Sie auch in Ihrem Büro, ich hätte es sicherlich hier im Haus gefunden", peitschte Rossi zurück. „Wir waren gerade noch eben zum Krankenhaus", versuchte Lennert Jakobs die Situation zu entschärfen. „Ja und? Gibt es noch neue Erkenntnisse?" hakte Rossi wortkarg nach. „Das Opfer ist aufgrund des hohen Blutver-lustes schnell verstorben, hat auch vorher nichts mehr von sich geben können, Frau Rossi", ergänz-te Jakobs schnell. „Und dafür holen Sie mich aus dem Feierabend? Das hätte doch morgen früh auch gereicht!" polterte Rossi nun sichtlich ver-ärgert. „Wir wussten das ja nicht. Kurz nach der Tat war er noch etwas bei Bewusstsein. Wir dachten, er kommt noch wieder zu sich und sagt im Kran-kenhaus noch etwas, war aber eben nicht so", ergänzte Bruns nun ebenfalls barsch. „Morgen früh will ich einen runden Tisch hier. Sehen Sie zu, dass Sie um 10:30 Uhr bei mir im Büro sind, ver-standen?" wies Rossi ihre Beamten zurecht. „Morgen ist Samstag und Wochenende, Frau Rossi, schon mal auf den Zeiger geschaut?" warf Bruns ein. „Mir egal, morgen früh, 10:30 Uhr bei mir im Büro", wiederholte Rossi. Bruns und Jakobs schauten sich fragend an, nickten und verließen das Büro ohne ein weiteres Wort. Rossi machte die Lichter im Büro aus und verabschiedete sich von den anderen diensthabenden Kollegen.

Auf dem Weg nach Hause, einer kleinen schnuckeligen Wohnung in der Garrel Straße, kam sie über die Nesse dann zur Königstraße. In Höhe der ostfriesischen Teestube am Hafen stand plötzlich ein kleines Wollknäuel auf dem Fußgängerweg. Zerzaust, aber keinesfalls verängstigt, schauten zwei stechendgrüne Augen einer buntmelierten Katze sie an. „He, wer bist du denn?" Rossi bückte sich und streichelte der Katze über den flauschigen Kopf. Die schmiegte sich sofort an ihre Beine und begann zu schnurren. Die Katze machte ein paar Schritte vorwärts und blieb dann auf einem der freien Parkplätze sitzen. Rossi schaute ihr dabei zu und folgte ihr. Die Katze machte ein paar weitere Schritte und blieb an der Straßenseite auf dem Parkplatz stehen. Dann setzte sie sich dorthin. „Komm da mal schnell weg, das ist viel zu dicht an der Straße", Rossi ging auf die Katze zu und versuchte sie wieder zu streicheln. Die Katze machte einen Satz zurück, blieb dann aber auf dem Parkplatz sitzen. Rossi schaute auf den Boden und sah etwas kupferfarbenes blinken. Sie ging einen Schritt nach vorn und schaute auf eine abgeschossene Patronenhülse. „Was hast du denn da Feines gefunden, kleine hübsche Katze?" lobte sie das

Tier und hob die Patronenhülse auf. Sie roch noch nach Pulver und sah sehr neu aus. Maria Rossi nahm ein Taschentuch aus ihrer Handtasche und verpackte die Patronenhülse sorgfältig darin. Dabei achtete sie darauf, sie möglichst wenig zu berühren. Rossi setzte ihren Weg nach Hause fort und schaute sich um. Die Katze folgte ihr in einem kurzen Abstand. Blieb Rossi stehen, blieb auch die Katze stehen. Ging sie weiter, folgte die Katze ihr wieder. Maria Rossi drehte sich um und ging auf die Katze zu. „He, nun musst du aber ganz schnell wieder nach Hause gehen", dabei kontrollierte sie das hübsche Tier auf ein vorhandenes Halsband oder eine Kennung. Nichts dergleichen konnte sie finden. Sie entschied sich langsam weiterzugehen, die Katze folgte ihr weiter. Zuhause angekommen, drehte Rossi sich wieder um und sah die Katze in zehn Meter Entfernung warten. Sie überlegte kurz und ging erneut auf das Tier zu. Diese blieb auf ihrem eingenommenen Platz sitzen. „Nun pass mal gut auf, wenn du nicht nach Hause gehst, erfrierst oder verhungerst du irgendwann hier. Was ist denn nur los mit dir, hast du denn kein Zuhause?"
Die Katze schnurrte um Rossis Beine herum und schaute sie dabei immer wieder an. „Okay, du hast gewonnen, ich nehm dich nun erst mal mit in meine Wohnung. Du kannst ein paar Tage bei mir bleiben, aber wir müssen sehen, zu wem du gehörst. Ich kümmere mich darum, dann sehen wir weiter",

Rossi griff nach ihr und die Katze ließ sich ohne Gegenwehr auf den Arm nehmen, als wenn sie es verstanden hätte. In der Wohnung angekommen inspizierte das Wollknäuel gleich die neue Umgebung, sie folgte Maria Rossi auf Schritt und Tritt, sogar im Badezimmer war Rossi nun nicht mehr allein. „Dann wollen wir erst mal etwas essen, du musst ja ausgehungert sein", sprach sie die Katze wie einen Freund an. Es gab Milch in einer Schale und Leberwurst auf einem kleinen Teller. Die Katze verschlang alles mit einem wohligen Schnurren. „Wie soll ich dich denn nun nennen, lass mich mal überlegen. Ich hatte als Kind mal eine Katze, auch buntmeliert, die hieß Minouche", Rossi schaute der Katze beim Fressen zu. „Gut, dann heißt du bei mir nun Minouche", bestimmte Rossi fröhlich und ging ins Wohnzimmer. Minouche folgte ihr wie selbstverständlich und sprang neben ihr auf das große Sofa. Dort kuschelte sie sich sofort bei Rossi ein. „Vielleicht hast du uns heute einen großen Dienst erwiesen, kleine Minouche", Rossi streichelte ihr sanft das Köpfchen und ließ sie bei sich sanft und kuschelig einschlafen. Nach einer entspannten TV-Doku schlief auch Rossi auf dem Sofa ein. Sie träumte von ihrer kleinen Katze, als sie noch Kind war. Vielleicht war ja die kleine Seele nun gewandert und hatte ihr eine „neue" Minouche beschert.

# Bis ins Knochenmark…

Die Sonne schien außergewöhnlich früh an diesem Morgen. Sie war früh aufgestanden und hatte den Zettel in der Küche gefunden: *Hallo Schatz, ist gestern spät geworden, Hanno und ich haben noch lecker gegessen und getrunken, bin in unserer gerade freien Mietwohnung geblieben, durfte nicht mehr fahren, wir sehen uns heute Abend, dicken Kuss.*

Sie war nun echt mega sauer, schon wieder dieser verdammte Hanno, sollte er den doch gleich heiraten, hing ja sowieso immer mit ihm ab. Sie hatte ja selbst mal was mit Hanno gehabt, sie kannte ihn schon ewig. Ein echtes Weichei sondergleichen, aber eben eine Rakete im Bett. Vor einer Weile hatte sie ihn dann wiedergesehen und es hatte sofort zwischen ihnen geknistert. Zwei Tage später waren sie im Bett gelandet und dann gleich fünfmal in drei Wochen. Leider hatte er auch ihren Mann über den Meerwiefke e. V. kennengelernt und sich sofort mit ihm angefreundet. Wie zwei Brüder waren sie mittlerweile geworden. Seit diesem Tag hing ihr Mann ständig mit Hanno ab, die beiden hatten sich auf Anhieb verstanden. Und sie…,sie hatte dann natürlich erst mal jeglichen Kontakt zu Hanno abgebrochen. Mittlerweile tat er ihr aber irgendwie auch ein bissel leid. Sie wollte das noch mal alles mit Hanno klären, irgendwann, aber dazu war nach Weihnachten auch noch Zeit. Und dann vielleicht noch einmal mit ihm schlafen, das hatte sie sich in ihren Träumen schon oft so vorgestellt, noch einmal diese kleinen Explosionen erleben.

Wütend über ihren Ehegatten, ging sie ins Bade-zimmer und machte sich frisch. Sie stand lange vor dem Spiegel und schaute sich von oben bis unten an. Mit Mitte fünfzig konnte man sie wirklich für ein Geschenk halten. Ihre strammen Beine, der wohl-geformte Busen und ihre knackige Figur stimmten sie sehr zufrieden und ihre Typen natürlich auch. Da ihr Mann aber den ganzen Tag nicht zu Hause sein würde, wäre es doch gerade heute eine perfekte Gelegenheit für ein kleines Treffen mit Johann Jaspers, einem ihrer Bekanntschaften. Der würde sich sicher auf ein weiteres Treffen freuen und hatte meist Zeit. Sie zog sich hauchdünne Strümpfe mit Naht, einen schwarzen Slip und einen dunklen Winterrock an. Dazu eine geblümte Bluse mit Druckknöpfen, die man schnell öffnen konnte. Noch schnell ein Hauch von zartem Parfüm und sie war ausgehfertig. Im Wohnzimmer lag ihr Handy und sie griff blitzschnell danach, um Jaspers für ein Date zu kontaktieren. Dreimal versuchte sie ihn zu erreichen, dreimal nur die Mailbox. Ihr Magen drehte sich schlagartig um, als wenn ihre Intuition eine böse Vorahnung entwickeln wollte. Sie wehrte sich gegen jeglichen negativen Gedanken, wurde ihn aber nicht wieder los. Sie schickte ihm eine WhatsApp: *Hey, ich bin's, hab Sehnsucht nach dir,*

*melde dich bitte eben, Gruß und Kuss.*
Unruhig lief sie vom Wohnzimmer zur Küche und wieder zurück. Keine Antwort. Er musste sie noch nicht mal gelesen haben. Letztendlich entschied sie sich dazu, in die Stadt zu gehen, um sich ein bissel abzulenken. So konnte sie bei einer eingehenden Nachricht auch schneller mit ihm zusammen sein. Eben auf einen Tee zu Jimmy's Altstadt Café, das war eine gute Idee. Ein bissel frische Luft, die brauchte sie nun dringend.

## Zusammenarbeit...

„Moin zusammen, wann können wir nun eigentlich wieder öffnen? Sind die Ermittlungen hier abgeschlossen oder dauert das noch?" fragte Jessica Brinkmann als sie das Büro von Jan Wolff betrat. „Das wissen wir noch nicht genau, ich denke aber ab morgen wird das gehen. Ich spreche heute eh noch mit dem Bruns, wir haben da ja noch die Sache mit dem Kratzstein", entgegnete Jan Wolff freundlich. Er saß gerade mit Hans-Hermann Böse in einem Krisengespräch wegen der Erpressung. Beide wollten gemeinsam entscheiden, wie sie damit umgehen sollten. „Okay, ich denke, wir gehen zur Polizei und machen das mit denen zusammen, alles andere wäre nicht richtig", bestätigte Böse das Ergebnis ihrer Diskussionen. „Ich werde am

Montag selber zum Plytenberg[6] gehen und die Tüte dort hinlegen", ergänzte er. „Soll ich das nicht eben machen?" fragte Jan Wolff noch mal unterstützend nach. „Lass mich bitte, ich wollte schon immer mal was ganz Außergewöhnliches machen", lachte Böse und klopfte Jan Wolff freundschaftlich auf die Schulter. „Außergewöhnlich ist das auf jeden Fall, aber du bekommst keine Gefahrenzulage", lachte Wolff und bedankte sich für das nette Angebot. „Wir gehen gleich eben gemeinsam zur Polizei, da regeln wir das und ich hoffe, die Typen werden dann dingfest gemacht. Das nächste Mal klauen die dann das Fischsymbol aus der Mauer, wenn wir nun nicht richtig reagieren", ergänzte Wolff noch grinsend. „Ja, schon komisch, auf was die Gauner immer kommen. Aber ich denke, durch die Erwähnung des Kratzsteins bei den vielen Stadtführungen haben die Typen sicher gedacht, der wäre das richtige Opfer für eine kleine Entführung, die dann auch stillschweigend von uns bezahlt wird, um kein Aufsehen zu erregen. Hoffentlich haben sie sich einen Bruch beim Klauen geholt", grinste Böse zurück und ging in sein Büro. Jan Wolff nahm sein Handy und wählte die Nummer der Kriminalpolizei in Leer. Er war fest entschlossen, die Täter schnell dingfest machen zu lassen.

---

[6] Wissenswertes über den Plytenberg, Anhang Seite 240

# Alle Hände voll zu tun…

„Einen wunderschönen guten Morgen ihr Lieben", begrüßte Okko Bruns seine Kollegen im Büro. Er war heute super gelaunt, seine Frau Hilde hatte ihm ein Wochenende in den Niederlanden geschenkt, beide liebten gerade die friesischen Gebiete um Leeuwarden, Sneek und Dokum. Die Ruhe, das Wasser, die Kanäle, alles das wirkte für beide wie eine kleine Auszeit aus dem Alltag. Dieses Mal sollte es nach Dokum, einer kleinen wunderschönen Stadt gehen, und das Ganze zwischen den Jahren. Okko freute sich mächtig auf die Tage. Und dieses Jahr ganz besonders, denn der Umzug nach Leer, seine neue Chefin, der Knüppeltortenmord zu Beginn seiner Dienstzeit hier, alles das war für ihn doch sehr anstrengend gewesen. Dass nun auch noch Lana Booken, seine langjährige Kollegin, die mit ihm und Lennert Jakobs gemeinsam nach Leer gewechselt hatte, schwanger geworden war, und das ausgerechnet von Lennert, hatte ihn erst mal umgehauen. Er ließ es sich nichts anmerken, aber das hatte ihm schon ziemlich zugesetzt.

„Lana, machst du uns erst mal 'ne leckere Kanne Tee, wenn du magst?" fragte Okko nun ungewöhnlich höflich. „Du kannst ruhig in deiner Bullerballer-Sprache weiter mit mir reden, dat is ja gruselig, diese Höflichkeit. Ich bin schwanger und nicht krank, die Kanne ist schon fertig Okko", lachte

Lana ihn an und setzte Kanne, Tassen, Sahne und Kluntje auf den Besprechungstisch. „Danke schön, das freut mich, na dann lass uns mal alles zusammenfassen, bevor die olle Rossi hier rein trudelt, die wollte ja unbedingt diesen Termin am Samstag", begann Okko die Besprechung. „Opfer Nummer eins: Horst Schanter, Junggeselle aus Leer, erstochen an der alten Festung Leerort, wir haben Spermaspuren, eindeutig von ihm, seine DNA und noch eine unbekannte weitere. Die Tatwaffe ist noch nicht gefunden, die Rechtsmedizin vermutet einen circa zwanzig Zentimeter altertümlichen Dolch, so wie sie im Museum zu sehen sind. Die Suche in der Wohnung und im Umfeld haben keine neuen Erkenntnisse gebracht, aber sein Handy wurde gefunden und zeigt Bilder von mehreren Frauen, zusätzlich eine Nummer, die ihn öfter angerufen hat. Leider ein Prepaid-Handy, das noch niemandem zugeordnet werden konnte", fasste Okko Bruns zusammen. Er fuhr fort: „Die Chatverläufe waren alle gelöscht, standen auf ‚automatisch zu löschen', ohne Backup, aber es wurde ja ein Ohrring am Tatort gefunden, den wir noch zuordnen müssen. Dieser war auf jeden Fall nicht billig und hilft uns vielleicht bei der Identifizierung der dazugehörigen Frau, falls er dann hier gekauft wurde." „Dann mach ich mal mit Opfer Nummer zwei weiter: Johann Jaspers, ebenfalls Junggeselle aus Leer, gestern Abend angeschossen und im Krankenhaus an seinen Verletzungen verstorben. Das Ganze bei einer Präsentation des neuen Likörs Wolffs Glück der Weingroßhandlung Wein Wolff in der Altstadt Leer. Der Täter trug ein Weihnachtsmannkostüm und war daher nicht zu erkennen. Die Schusswaffe konnte mittlerweile identifiziert werden: Es handelt sich um eine SilencerCo Maxim 9 mit integriertem Schalldämpfer. Ein neues amerikanisches Produkt, bei der man den Schalldämpfer nicht mehr aufsetzen muss. Die Waffe lässt sich hervorragend verstauen, ist bis dato hier in Deutschland noch sehr wenig in Straftaten verwickelt gewesen. Jaspers ist ebenso ein unbeschriebenes Blatt, ohne großartige soziale Bindungen, wohlhabend und oft im Ausland unterwegs. Seine Handyauswertung erbrachte ebenfalls keine nennenswerten Erkenntnisse, wenig Bilder, aber die gleiche Telefonnummer von dem bereits bekannten Prepaid-Handy. Die KTU ist dran den Besitzer ausfindig zu machen, das gestaltet sich aber echt schwierig", ergänzte Lennert nun die Vorfälle. Okko schlürfte genüsslich seinen Tee und hörte Lennert aufmerksam zu. „Woher wissen wir denn, um welches Modell sich das bei der Waffe handelt? Es wurden doch keine Hülsen gefunden", fragte er nach. „Ganz einfach, Frau Rossi war heute Morgen schon bei der KTU, sie hat gestern Abend eine Hülse in der Nähe der Altstadt gefunden. Wir haben das Ergebnis gerade auf den Schirm bekommen. Sie kommt aber gleich zur Besprechung, dann kann sie es selbst erzählen", antwortete Lennert grinsend. „Na, das nenne ich mal effektive Chefsache", lachte Okko Bruns und schenkte sich erneut einen Tee ein. „Also brauchen wir die Besitzerin des Prepaid-Handys und des Ohrrings und sind im Prinzip einen deutlichen Schritt weiter", fasste Bruns zusammen.

„Na, da bleibt noch die Frage von gestern, ein oder zwei Weihnachtsmänner und hängt das Ganze auch mit der Erpressung wegen des Kratzsteines bei Wein Wolff zusammen?" schmiss Lana nun in die Diskussion ein. „Das glaube ich eher nicht, aber da sind wir Montagabend schlauer. Wolff arbeitet mit uns zusammen und die Geldübergabe findet dann um 12:00 Uhr statt. Denke, wir schnappen die Täter und können das dann ausklammern", beruhigte Okko Bruns seine Kollegen. Die Tür ging ohne Klopfgeräusch auf und Kriminalrätin Maria Rossi stolzierte fröhlich ins Büro. „Guten Morgen zusammen, na wieder mal gemütliches Teekränzchen auf Kosten der Steuerzahler?" witzelte sie den dreien zu. „Guten Morgen Frau Rossi, oder auch Moin, wie wir hier sagen. Diesen Tee habe ich, mit Verlaub, selbst bezahlt. Er kommt aus Großefehn, eine sehr, sehr leckere Ostfriesenmischung. Er heißt ‚Teegefällig' und ist seit 1928 im Handel, regional und überregional bekannt und ich trinke ihn nun jeden Tag. Aber ich bezahle ihn auch selbst, jedes Gramm", ranzte Okko Bruns nun zurück. „Ist ja gut, sollte auch eher ein Witz sein, Sie springen aber ja auch immer sofort drauf an", versuchte Rossi zu entschärfen. „Genau wie Sie, Frau Rossi. Ihre Zündschnur ist ja leider auch sehr kurz", gab Bruns trotzig zurück. „Na, lassen wir das nun mal", Rossi setzte sich zu den drei Beamten und schlug ihre Mappe auf. „Also, wir haben die Tatwaffe ja nun blitzschnell bestimmen können, dank der Patronenhülse, die ich gestern Abend gefunden habe", berichtete sie stolz und mit weit aufgerissenen Augen. „Ja, super, das war dann ein grandioser Glücksfall Frau Rossi. Sie spazieren durch die Stadt und finden mal eben die Hülse zum aktuellen Mordfall in der Stadt, das ist echt buchreif", lächelte Okko Bruns sie an. Lennert und Lana konnten sich das Grinsen ebenfalls nicht verkneifen. „Höre ich da ein Fragezeichen, Herr Bruns?" „Absolut nicht, ich bin stolz, eine so umsichtige Chefin im Haus zu haben, so lösen wir jeden Fall im Nu", gab Bruns prompt zurück und verkniff sich weitere Lachanfälle. Plötzlich bekam er ein Jucken in der Nase und nieste fünfmal nacheinander. „Gesundheit, Herr Bruns, nun werden Sie mir mal nicht krank, Sie werden hier gerade gebraucht", lehnte sich Rossi weit zurück, um dem „Funkenflug" zu entgehen. „Ich bin nicht erkältet, ich nieße eigentlich nie, es sei denn, eine Katze ist im Raum. Ich bin absolut allergisch gegen Katzen-haare, aber hier ist ja keine", antwortete Okko Bruns nun etwas angenervt. Rossi wurde augen-blicklich rot und schaute auf ihren Wollpullover, den sie heute trug. Das ein oder andere Katzen-haar konnte sie mit bloßem Auge entdecken. Schnell zupfte sie an ihrem Halstuch und legte es sorgsam gut verteilt auf den Pullover, sodass möglichst viel davon bedeckt war. Bruns fasste noch mal alle Fakten für Rossi zusammen, nieste noch weitere viermal und seine Augen begannen zu jucken. „Also, wenn ich es nicht besser wüsste, würde ich sagen, hier hat sich eine Katze einge-schlichen", und wieder nieste er. Auch Lennert musste ein paarmal niesen, nicht so häufig wie Bruns, aber auch er war leicht allergisch gegen Katzenhaare. Er hielt sich nur zurück, um keine weitere Diskussion auszulösen, denn die Katzen-haare auf Maria Rossis Pullover hatte er längst entdeckt. „Lieber den Mund halten", dachte er und goss sich einen neuen Tee ein. „Was machen wir nun, wie gehen wir weiter vor?" fragte Rossi unge-duldig in die Runde. „Wir hoffen, möglichst schnell die Prepaid-Nummer einem Besitzer, wahrschein-lich aber einer Besitzerin zuordnen zu können, dann hätten wir zumindest den gemeinsamen Ge-sprächspartner der beiden Opfer und könnten ei-nen DNA-Abgleich machen. Zusätzlich werden wir uns heute Morgen bei allen Juwelieren in der Stadt nach dem Ohrring erkundigen, vielleicht wurde er in Leer gekauft, danach sehen wir weiter", antwortete Bruns ruhig und besonnen. „Und so lange sitzen wir hier und drehen die Daumen, oder was?" platzte Rossi nun förmlich. „Wir sitzen nicht rum, drehen auch keine Daumen, aber wir warten die Ergebnisse ab und beleuchten weiterhin ein mögliches Umfeld der beiden Opfer sowie eine mögliche Verbindung. Da sind wir gerade mit Eifer dabei, Frau Rossi, wenn Sie eine bessere Idee haben, können Sie sich natürlich gerne einbringen", gab Bruns wieder ruhig und sanft zurück. Rossi erhob sich und ihr Dutt flatterte wieder wie ein Zitteraal. „Stufe fünf, Wutausbruch", dachte Bruns beim Betrachten der durchaus hübschen Frau mit italienischen Wurzeln. Er stellte sich gerade vor, wie es wohl wäre, wenn sie nicht so ein absoluter Drachen wäre, er könnte sich in seinem Alter glatt in sie verlieben, aber er hatte ja seine Hilde.

„Starren Sie mich nicht so an, prüfen Sie lieber noch Ihre bisherigen Ergebnisse. In Ihrem Alter übersieht man auch mal schnell was, fürs Starren auf Ihre Vorgesetzte werden Sie nicht bezahlt!" grunzte Rossi, drehte sich auf ihren hochhackigen Pumps und verließ das Büro. Bruns wollte ihr noch etwas nachrufen, verkniff sich das aber. Sein Alter und seine Routine mit Vorgesetzten verboten ihm in bestimmten Situationen einfach weitere Worte -

machte einfach keinen Sinn. „Okay, ihr beiden: Lana, du recherchierst weiter im Umfeld unserer Opfer nach möglichen Verbindungen und Personen. Lennert, du gehst die Juweliere abklappern und ich werde gleich mit Jan Wolff die Geschichte mit Montag klären. Denke, dass Jensen und Pommer das übernehmen sollten, ist doch ein perfekter Einstieg nach Urlaub und Krankschreibung", wies Okko Bruns seine Kollegen an. „Meinst du, dass Ilka Pommer und Peter Jensen gleich Montag auf eine Erpressung angesetzt werden sollten? Die waren doch 'ne ganze Weile zu Hause", fragte Lana vorsichtig an. „Warum nicht? Sie sind Polizisten wie wir, beide können sich Montagvormittag komplett einarbeiten, der Termin ist erst um zwölf Uhr", antwortete Okko wie selbstverständlich.

„Wollen wir denn nicht das SEK dazu holen, Okko, das macht doch Sinn und ist eigentlich auch Vorschrift bei einer solchen Straftat, oder?" fragte Lana nun noch mal nach. „Papperlapapp, Vorschrift, das regeln wir hier alleine. Dat sind Stümper und Vollpfosten, die so was machen, denen ist noch gar nicht klar, wie sie sich mit so einer Aktion das ganze Leben versauen. Die haben das mit dem Stein sicher mal auf einer Stadtführung gehört und gedacht, dass man da 'ne schnelle Mark machen kann, ohne groß straffällig zu werden. Leider ist die Erpressung das eigentliche Delikt vor Gericht, nicht der Kratzstein", polterte Okko zurück.

„Dann kommt da noch die Körperverletzung von Jimmy dazu, die haben echt nicht auf dem Schirm, was ihnen bei so was blüht", setzte Okko noch nach und schüttelte mit Unverständnis den Kopf. Lennert und Lana machten sich an die Arbeit und Okko wartete nun auf Jan Wolff und Hans-Hermann Böse, die den Ablauf mit ihm besprechen wollten.

## Bei Jimmy...

Es war mittlerweile elf Uhr und Jimmy hatte gerade geöffnet. Binnen einer halben Stunde waren die Plätze belegt und Jimmy hatte alle Hände voll zu tun. Sie setzte sich ans Fenster und schaute auf das Märchenhaus gegenüber. Die Rathausstraße war gerade auch zur Weihnachtszeit sehr beliebt aufgrund der vielen kleinen Geschäfte mit einem gemischten Angebot. Schräg gegenüber schaute sie auf Wein Wolff, wo es ungewöhnlich ruhig aussah.

„Guten Morgen, was kann ich Ihnen Schönes bringen?" fragte Jimmy fröhlich an ihrem Tisch. „Ich hätte gerne einen ‚Hot Toddy' und ein Stück Knüppeltorte", antwortete sie freundlich und schaute weiter aus dem Fenster. „Gerne, gerne, kommt sofort", gab Jimmy zurück und bereitete die Bestellung vor. „Sagen Sie mal bitte, hat Wein Wolff heute nicht geöffnet und das an einem Samstag?" fragte sie Jimmy, als er mit ihrer Bestellung kam.

„Normalerweise wohl, aber dort fand ein schreckliches Verbrechen statt und ich glaube, Wolff hat heute noch keine Freigabe für die Wiedereröffnung", antwortete Jimmy mit sichtlicher Bestürzung. „Was ist dort denn geschehen?" bohrte sie vorsichtig, fast ängstlich weiter. „Ein Mann wurde dort gestern Abend bei einer Likörverkostung ermordet. Haben Sie das denn noch nicht gehört? Spricht sich doch immer schnell in Leer rum, wenn so was passiert", erwiderte Jimmy.

„Nein, ich komme aus Loga und habe heute Morgen noch keine Nachrichten gehört oder gesehen. Wer ist denn umgebracht worden, kennen Sie den?" fragte sie nun noch ängstlicher nach. „Nein, die Polizei hält sich sehr bedeckt mit Informationen, aber ich glaube, er war Mitte fünfzig und auch hier aus Leer", wollte Jimmy das Gespräch beenden und drehte sich schon wieder um. „Das ist ja schrecklich, oh Mann, kann ich bitte gleich bezahlen, ich stehe dann so wieder auf", rief sie Jimmy nun nach. „Natürlich können Sie das", wunderte sich Jimmy über ihren hastigen Aufbruch, drehte sich wieder um und kassierte ab. Das Stück Torte ließ sie stehen und ihren Hot Toddy trank sie mit drei Zügen leer. Blitzartig zog sie Jacke an und Mütze wieder auf und verließ fluchtartig das Café. Sie hatte eine Vermutung, eine unglaubliche, schreckliche Vermutung, ihr ganzer Körper zitterte. Und ihr Gefühl sollte sie nicht täuschen. Sie setzte sich ins Auto und nahm ihr Handy, kontrollierte ihre Mitteilung an Jaspers, die unbeantwortet geblieben war. Nach Hause, erst mal nach Hause, ihre Gedanken fuhren Achterbahn. Um ein Haar übersah sie einen Fußgänger, der die Straße kreuzte. Er beschwerte sich mit einem wütenden Gesichtsausdruck und einer geballten Faust als Geste, aber sie nahm das alles gar nicht wahr. Sie wollte nur noch nach Hause, Gedanken sammeln und mehr über das Verbrechen erfahren.

Ihr anderes Handy klingelte: „Hey Schatz, wie ist es bei dir? Tut mir leid, dass ich gestern Abend nicht nach Hause gekommen bin, habe zu viel getrunken, sorry", hörte sie die Stimme ihres Ehemanns entschuldigend. „Das wird ja echt zur Gewohnheit bei dir. Aber nicht so schlimm, Langeweile kenne ich nicht. Gerade geht es mir aber nicht so gut, ich bin auf dem Weg nach Hause. Bei Wein Wolff ist gestern ein schreckliches Verbrechen geschehen", erwiderte sie. „Ja, ich weiß das schon, hab es heute Morgen gehört. Den kannte ich, total schrecklich und das in Leer, oh Mann, tut mir echt leid", gab ihr Ehemann hörbar traurig zurück. „Was, wie bitte? Wer? Du kanntest den Typen? Wer ist das denn, kenn ich den auch?" überschlug sie sich nun fast. „Ja klar, der Jasper, Johann Jasper, aus unserem Verein, klar kannte ich den, du wahrscheinlich auch vom Sehen, müsste doch eigentlich", kam etwas verwundert zurück. Sie bremste augenblicklich, zog den Wagen nach rechts und fuhr auf den Parkplatz eines Discounter an der Papenburger Straße. „Ist was passiert? Du sagst ja nichts mehr", fragte er nun nach. „Nee, nee, äh, nee,  ist alles gut, wir sehen uns dann ja spätestens heute Abend, oder?" versuchte sie nun ihre Beherrschung wiederzuerlangen. „Ich kann es noch nicht genau sagen, aber ich melde mich auf jeden Fall. Bin gerade mit Hanno unterwegs. Die neue Idee mit einem Mehrgenerationenhaus in Hesel ist sehr spannend, erzähl ich dir, wenn ich nach Hause komme", trällerte er ins Handy. „Ja, wenn du dann nach Hause kommst, wenn… okay, bis dann", sie legte einfach enttäuscht auf.

Bitterlich begann sie zu weinen, sie hatte es irgendwie schon bei Jimmy geahnt. Zwei Menschen, die ihr sehr nahe gestanden hatten, waren nun plötzlich tot, beide ermordet. Sie bekam augenblicklich unsagbare Angstzustände. War das alles nur Zufall, hing das Ganze mit ihr zusammen, oder mit dem Verein? Ihr Kopf platzte mal wieder. Sie verließ ihr Fahrzeug, rannte in den Discounter und stellte sich direkt an die Kasse. Feuerzeug und Zigaretten, das war es, was sie jetzt dringend brauchte. Eigentlich hatte sie vor fast zehn Jahren aufgehört und nie wieder eine Fluppe angezündet, jetzt war aber die Zeit für eine Zigarette, sie tief zu inhalieren und für einen Moment, einen kleinen Moment, im Nebel des Rauches zu versinken.

## Die Nadel im Heuhaufen...

Die Fußgängerzone in Leer war an diesem Samstag wieder voller Menschen, große und kleine, die auf der Suche nach dem perfekten Geschenk für ihre Lieben waren. Gepaart mit den ganzen Buden und Ständen, gab es fast kein Durchkommen. Lennert hatte mittlerweile schon zwei Juweliere wegen einer möglichen Herkunft des gefundenen Ohrrings aufgesucht, bisher aber ohne Erfolg. Er gönnte sich erst mal eine „Manta-platte", Currywurst und Pommes. Der unwidersteh-liche Geruch der Leckereien zog sich durch die ganze Straße und auch Lennert erlag diesem Ge-ruch. Er genoss seine Pause und dachte über weitere Juweliere in Leer nach. Ihm fiel Besuden-Willig ein. Ein Juwelier und Goldschmied mit einer komfortablen Auswahl an Schmuckstücken, Uh-ren, und auch sehr schönen selbstgefertigten Schmuckstücken, die er sich vor zwei Wochen in der Schaufensterauslage angeschaut hatte. Er war auf der Suche nach einem Verlobungsring für Lana und hatte dort die wunderschönen selbst gefer-tigten Einzelstücke gesehen. „Wieso war ich nicht gleich auf Besuden-Willig gekommen?" dachte er noch im Eiltempo dorthin. „Moin, ich hätte gerne den Chef gesprochen", mit einem freundlichen

Lächeln betrat er den Verkaufsraum des Juweliers. „Einen Moment eben, ich werde ihn holen", antwortete eine junge Goldschmiedin freundlich, die hinter ihrem Werktisch hervortrat. „Kein Problem, ich warte, danke schön", entgegnete Lennert und holte die Tüte mit dem Ohrring aus seiner Tasche. Es dauerte einen Moment und Herr Besuden stand vor ihm. „Moin, was kann ich denn für Sie tun?" fragte er fröhlich und musterte Lennert. „Ich bin Lennert Jakobs von der Leeraner Kripo, ich habe hier ein Schmuckstück, das möglicherweise Gegenstand eines Verbrechens sein könnte. Ich wollte Sie höflich fragen, ob Sie es vielleicht kennen und hergestellt haben, es wäre sehr wichtig zu wissen", entgegnete Lennert ebenso fröhlich. Besuden nahm den Ohrring in die Hand, schaute ihn durch die Plastiktüte drum herum genau an und nickte: „Ja, der ist hier hergestellt worden. Diese Arbeiten gibt es in Leer nur bei uns, wir stellen viele individuelle Schmuckstücke für Kunden her. Diesen habe ich selbst hergestellt", bestätigte Besuden die Frage nickend. „Können Sie mir sagen oder nachschauen, wer ihn in Auftrag gegeben hat oder wer ihn bekommen hat?" bohrte Lennert nun ungeduldig weiter. „Das kann ich wohl, aber ich mache das nicht. Wir geben generell keine Auskunft über Schmuckstücke an Dritte. Das ist ein klarer Bestandteil des Kundenvertrauens. Nicht jedes Schmuckstück ist für die Ehefrau oder den

Ehemann, ich denke Sie verstehen mich", gab Besuden nun freundlich, aber bestimmt zurück. „Aber er könnte in ein Verbrechen verwickelt sein, das wir gerade versuchen aufzuklären, Herr Besuden", bat Lennert nun weiter. „Der Ohrring hat sicherlich kein Verbrechen begangen und damit bin ich als Hersteller dann auch aus der Nummer raus", lächelte Besuden und gab Lennert die Plastiktüte mit dem Ring zurück. „Okay, Herr Besuden, erst mal danke schön, aber dann müsste ich mir vielleicht einen richterlichen Beschluss holen", Lennert nahm die Tüte wieder an und drehte sich zur Tür. „Machen Sie das, da wünsche ich Ihnen viel Erfolg", gab Besuden nun etwas ärgerlich, aber immer noch freundlich zurück. Lennert war enttäuscht, er verließ das Juweliergeschäft und wählte die Nummer von Okko Bruns. Nachdem er die Herkunft des Ohrrings an Okko weitergegeben hatte, machte er sich auf den Rückweg ins Präsidium. Bruns wollte sich im Nachgang um einen Beschluss kümmern, falls es erforderlich sein sollte.

## Fisch, aber nicht frisch…

Hans-Hermann Böse war noch mal kurz ins Büro gekommen, um seine E-Mails zu checken. Der Laden sowie das Privatmuseum waren noch gesperrt und er hoffte, am kommenden Montag wieder öffnen zu können. Böse hatte kurz mit Jan

Wolff telefoniert, der mit ihm wegen der Kratzstein-Erpressung bei der Polizei gewesen war. Die beiden hatten eine Entscheidung bezüglich der baldigen Freigabe signalisiert bekommen, und Böse checkte bei der Gelegenheit auch noch mal die Räume und Gegebenheiten für eine mögliche Wiedereröffnung am Montag. Böse freute sich, als er seine Mails checkte, es war tatsächlich eine Mail von Bruns eingegangen, die eine Freigabe zur Öffnung enthielt. Am kommenden Montag durfte Laden und Museum endlich wieder öffnen. Böse freute sich sehr und stieg die Treppe zum Privatmuseum hinauf. Das Museum musste ja bis Montag noch dringend gereinigt werden, all das angetrocknete Blut des Opfers und die Unordnung durch die ausgelöste Panik nach Jaspers Zusammensacken. Böse schaute sich im Rittersaal um. Er rechnete mit gut zwei Stunden Reinigungszeit und so telefonierte er kurz mit der Reinigungskraft. Er wollte gerade wieder die Treppe zum Büro hinuntergehen, als ihm ein stechender, unangenehmer Geruch in seine Nase stieg. „Merkwürdig, irgendwie riecht das hier nach Fisch", dachte er und stieg die Treppe wieder hinauf. Er betätigte den Lichtschalter und sah sich um. Böse versuchte dem Geruch zu folgen, sah aber nichts. Er holte eine Taschenlampe aus einem Nebenraum und beleuchtete den Fußboden. Dann sah er ihn und erschrak erst mal. In der Ecke zur Treppe nach

unten lag eine schon halb vergammelte Fischflosse. Böse leuchtete die Ecke genau an und
nahm die Flosse mit einem Taschentuch aus der
Ecke hoch. Die Flosse stank fürchterlich und Böse
wollte sie gerade entsorgen, als ihm die Spurensicherung wieder einfiel. Denn weder er noch einer
seiner Kollegen hätten hier jemals eine Fischflosse
abgelegt. Er wählte die Nummer der Polizei Leer
und meldete den Fund. Böse legte die Flosse wieder ordnungsgemäß an ihren Fundort und stieg ein
bissel angewidert die Treppe hinab. Er hatte mit
der Polizei einen Termin vereinbart, ihm blieb nur
eine halbe Stunde Zeit. Böse sagte den Termin mit
der Reinigungskraft vorsorglich ab und wartete im
Büro auf das Eintreffen der Polizei. Kurze Zeit
später wurde die Eingangstür zum Verkaufsraum
geöffnet. „Guten Morgen, Herr Böse", begrüßte
Lennert Jakobs den Prokuristen und Geschäftsführer von Wein Wolff. „Guten Morgen, ich hoffe,
Sie haben keine empfindliche Nase, oben im
Rittersaal stinkt es bestialisch", begrüßte Böse
Oberkommissar Jakobs. „Keine Sorge, wir sind
Kummer gewohnt", antwortete Lennert lächelnd
und folgte Böse nach oben. Er betrachtete die stin-
kende Fischflosse und hielt sich angewidert die
Nase zu. „Okay Herr Böse, ich müsste noch mal
die Spurensicherung informieren. Wir hatten beim
ersten Mord eine vergleichbare Situation, diese
Flosse soll wohl eine Mitteilung des Täters sein. Ich

bitte Sie, hier nichts zu verändern", bat er Böse nun eindringlich. „Wie, nun können wir Montag nicht wieder öffnen?" fragte dieser zögerlich nach. „Ich denke schon, aber die Spurensicherung scheint das hier übersehen zu haben. Es ist wirklich sehr wichtig, dass alles so bleibt", ergänzte Jakobs. „Aber ich habe die Flosse vorhin hochgenommen, konnte ja nicht wissen, dass es sich um ein mögliches Beweisstück handelt, die Spurensicherung war hier ja längst abgeschlossen", erwiderte Böse. „Das können wir nun nicht mehr ändern, das ist mir klar, aber wir sollten keine weiteren Spuren verwischen oder verfälschen", bat Lennert noch mal. „Okay, ich warte hier auf die Beamten, dauert es lange?" fragte er. „Ich bleibe bei Ihnen, bis die Kollegen vor Ort sind, ich denke eine halbe Stunde", beruhigte Lennert Hans-Hermann Böse und schaute sich im Verkaufsraum um. „Sie haben ja echt leckere Tröpfchen hier im Regal", stellte Jakobs fest und nahm eine Flasche „Free Sia Rum" aus dem Regal. „Ja, sicher. Wir möchten natürlich mit unseren Produkten auch die friesische Verbundenheit bezeugen. Dies hier ist eine Flasche verschiedener edler Rums aus der Karibik, der hier in Ostfriesland zu einem Premium-Rum geblendet wird. Er besticht durch seine weichen Noten aus Tabak, Orangen, Sherry und Vanille, möchten Sie ihn probieren?" fragte Böse freundlich. „Nein danke, ich bin leider im Dienst, komme gerne darauf zurück. Aber ich finde schon die Aufmachung der Flasche mit der Ostfrieslandkarte im Hintergrund sehr gelungen, die Flasche spricht einfach an", bestaunte Jakobs das Design. „Ja, wir geben uns sehr viel Mühe bei der Gestaltung unserer Produkte", antwortete Böse stolz und schaute zur Tür. Zwei in weiß gekleidete Männer betraten den Laden und stellten sich kurz vor. Sie eilten die Treppe hinauf und innerhalb einer halben Stunde war alles erledigt. Beide Männer entschuldigten sich noch mal für die Unannehmlichkeiten der erneuten Spurensicherung, gaben dann aber sofort den Verkaufsraum und auch das Privatmuseum oben wieder frei. Somit durfte am kommenden Montag wieder verkauft werden. „Wir nehmen die Flosse mit und vergleichen sie mit dem Fund in Leerort. Denke aber, es wird auf eine Übereinstimmung von Fischart, Alter und Herkunft hinauslaufen, wir melden uns bei Ihnen", verabschiedete sich Renko Fuhren von der Spurensicherung bei Böse und Jakobs. Auch sein Kollege gab beiden lächelnd die Hand und verließ den Verkaufsraum. „Gut Herr Böse, dann sind wir hier ja fertig, ich müsste nun auch wieder los. Aber den Rum werde ich mir nächste Woche holen", zeigte Lennert Jakobs auf das Regal und verabschiedete sich.

# Nur Ablenkung…

Nach ihrer dritten Zigarette in Folge beruhigte sie sich langsam wieder. Sie überlegte, wie sie diesen Sonntag retten könnte. Sie brauchte Ablenkung, jetzt und sofort. Schnell griff sie nach ihrem Handy und schaute auf ihre Kontakte. Dieses Handy war besonders. Sie hatte es sich extra für ihre kleinen Eskapaden besorgt, die gespeicherten Kontakte beschränkten sich auf wenige Personen, alles Männer. Männer, die sie über einen gemeinsamen Nenner mit ihrem Mann kennengelernt hatte. Männer mit Geld, Männer die Single und dabei noch ausdauernde Liebhaber sein konnten. Einen von ihnen, Ingo Landers, hatte sie schon öfter aus dem Alltag geholt, gerade dann, wenn es ihr nicht gut ging. Mit seiner Größe von fast zwei Meter und diesen großen Händen konnte er unsagbar zärtlich oder auch hart zupacken. Genau so, wie sie es mochte. Dieser Ingo Landers konnte sie heute aus ihrem Tief holen und ein paar schöne Momente in ihr Leben zaubern. Sie wählte seine Nummer und verabredete sich mit ihm. Landers war immer zur Stelle, wenn sie anrief, darauf konnte sie sich verlassen.

## Wiehnachtsmarkt achter`d`Waag
## (Weihnachtsmarkt hinter der Waage)

Der Sonntagmorgen begann für Okko Bruns und seine Frau Hilde erst mal mit einem deftigen Frühstück und frisch gebrühtem Ostfriesentee. Die Meldung über die gefundene Fischflosse im Privatmuseum bei Wein Wolff beschäftigte ihn allerdings schon, seitdem Lennert ihn am Samstag darüber informiert hatte. Er ging nun von einem Serientäter aus, der mit dieser makabren Tatortbeigabe etwas Spezielles ausdrücken wollte. Bruns befürchtete weitere Taten, und der Gedanke an die beiden Weihnachtsmänner bei Wein Wolff ließ ihn nicht los.

„He, Okko! Wo bist du wieder mit deinen Gedanken?" fragte Hilde und goss ihm einen neuen Tee ein. „Ach, alles gut, ich mache mir halt nur ein paar Gedanken über den neuen Fall, kann schlecht abschalten, kennst du ja", antwortete er brav. „Heute ist Sonntag und ich möchte mit dir zum Weihnachtsmarkt hinter der Waage, der ist nur sonntags und da ist es immer so schön", redete Hilde unaufhörlich auf ihn ein. „Ja doch, Mann, ja ich weiß, das machen wir auch. Lass mich doch ein bissel denken, ist doch nichts dabei", ärgerte er sich über Hildes Anflug. „Okay, wir frühstücken, dann gebe ich dir eine Stunde zum Denken und dann gehen wir los, geht eh erst um Mittag los", versuchte Hilde ihn zu besänftigen. „Gute Idee", gab er kurz zurück. „He Okko, du kannst mir wenigstens zuhören und beim Frühstück mit mir reden", plapperte Hilde weiter. „Hilde, Mann, Scheiße, ich kann nicht abschalten, nu lass doch eben", beklagte sich Okko und nieste wieder mal, seit kurzer Zeit aber ständig. „Bist du erkältet oder was ist mit dir? Du niest dich ja weg, bleib man mal ein paar Tage zu Hause", erwiderte Hilde besorgt. „Hilde, ist gut nun, ich weiß auch nicht warum ich niese, bin gegen irgendwas allergisch. Lennert musste im Büro auch ständig niesen, weiß nicht was da ist", Okko wurde nun lauter. „Du bist hier nicht im Büro, Herr Hauptkommissar, du bist hier zu Hause, also gewöhne dir einen anderen Ton an", nun wurde Hilde laut. Okko drehte sich weg, schaute aus dem Fenster und trank seinen Tee. Hilde lief ins Badezimmer und musste vor Aufregung auf die Toilette. Als sie wieder zurückkam, schaute Okko sie an: „Tut mir leid, Hilde, ich wollte nicht laut werden. Ist im Moment alles ein bissel viel", bat er sie um Verzeihung. „Na, tut mir auch leid Okko. Wir gehen gleich schön zur Waage und essen dort einen ‚Speckendicken‘[7], den liebst du doch so sehr." „Oh, sehr gute Idee, hatte ich noch gar nicht dran gedacht, ja ich liebe Speckendicken", lächelte Okko Bruns nun wieder, und seine Gedanken kreisten um diese ostfriesische Spezialität.

---

[7] Der Speckendicken, Anhang Seite 241

Nach dem Frühstück ging Okko kurz in den Garten, genoss die winterliche Atmosphäre und freute sich innerlich sehr auf den Markt. Schon in seiner Kindheit hatte er Speckendicken sehr gerne gegessen und genau diese Momente kamen nun wieder hoch. Weihnachten, Sylvester, Schnee, leckerer Tee und natürlich Speckendicken. Ein Stück Heimat vom Feinsten. Wie hätte er das nur vergessen können?

Der Weihnachtsmarkt hinter der Waage am Museumshafen von Leer war wieder mal proppenvoll. Okko und Hilde schlenderten durch die Gänge und genossen den Duft von Glühwein, Bratwurst, Berliner und Speckendicken. Wie jedes Jahr gab es bei der „Schipper Klottje Leer e. V." auch wieder die heiß geliebten Speckendicken und Okko stellte sich dort sofort an. Hilde folgte ihm, war aber nicht halb so ungeduldig. Die Schlange war lang, aber Okko harrte aus. Nach zehn Minuten genossen die beiden ihre ersten Speckendicken in diesem Jahr. „Welch ein Genuss", Okko verschlang gerade seinen ersten, als Hilde noch nicht mal die Serviette ausgebreitet hatte. „Okko, du isst nicht, du frisst! Mann, ich nehm dir doch nichts weg", murrte Hilde ihn an. „Ich hol mir noch einen, wartest du hier?" Okko stand auf und stellte sich erneut an. „Ja, bring mir auch noch einen mit, bitte, ich warte hier", grinste Hilde nun. Sie kannte ihren Mann ja seit vielen Jahren und wusste nur zu gut alles über seine kleinen Eigenheiten.

Die beiden verbrachten einen wunderschönen Nachmittag auf dem Weihnachtsmarkt und Okko hatte am Ende vier Speckendicken verputzt. Auf dem Rückweg nach Hause kamen beide an Wein Wolff in der Altstadt vorbei. Okko schaute durch das Fenster und sah die geschmückte Auslage mit dem neuen Likör Wolffs Glück. Die Dekoration wirkte warm und liebevoll, er konnte sich hier absolut kein Verbrechen vorstellen und doch war es geschehen. „Lass uns noch auf einen Abstecher in Jimmy's Altstadt Café gehen", nahm er seine Hilde an die Hand und zog sie auf die andere Straßenseite zum Café. „Aber nichts berufliches, Okko, ich sage es dir, nichts mit Ermitteln oder so", warnte sie ihren Gatten. „Nein, absolut nicht, wir trinken einen Wolffs Glück, ich glaube, Jimmy hat den auch schon", lachte er und die beiden suchten sich einen Platz im Café. „Hallo ihr beiden, was kann euch Schönes bringen?" begegnete Jimmy den beiden. „Wir trinken heute eine Kanne Tee und sag mal, hast du den neuen Likör schon von Wein Wolff?" fragte Okko an. „Aber selbstverständlich doch, gestern die ersten Flaschen bekommen. Ich verkaufe sehr gut, die Werbung ist im Fenster der Eingangstür, hast du sie nicht gesehen?" lächelte Jimmy. „Up, und das geschieht einem Ermittler! Nee, hab ich nicht Jimmy, wir hätten den dann gerne pur und zweimal", gab Okko erfreut zurück. „Gerne, gerne, ich komme gleich wieder. Wollt ihr erst den Likör? Der Tee muss noch eben ziehen, dauert etwas, heute ist es wieder sehr voll hier", ergänzte Jimmy. „Ja, wir nehmen den dann vorweg und zum Tee dann jeweils ein Stück Knüppeltorte", antwortete Okko und Hilde nickte zustimmend und zufrieden. „Gerne, gerne, ich komme gleich wieder", Jimmy war wie immer gut gelaunt und freute sich über den großen Zuspruch seines Cafés. Mittlerweile war das Café zum absoluten Treffpunkt für Stammkunden, Touristen und Vereine geworden. Okko und Hilde genossen diesen Absacker und probierten nun zum ersten Mal den neuen Likör. Eine absolute Geschmacksexplosion! Okko bestellte gleich noch zwei nach und verstand nun auch den Hype um dieses neue Getränk. Er hatte selten einen so abgestimmten und vollmundigen Likör getrunken. Auch Hilde war schlichtweg begeistert. Auf dem Platz gegenüber saß eine sehr attraktive Frau, die ständig mit dem Handy fuchtelte. Sie hatte während der ganzen Zeit, als Okko und Hilde Tee und Likör tranken, mindestens dreimal versucht, jemanden anzurufen, nun war sie erfolgreich. Sie verließ das Lokal. Vor der Tür redete sie angeregt und sich ständig umschauend mit jemandem. „Sag mal Jimmy, kennst du die Frau, die da draußen steht?" fragte Okko. „Nee, die war letzte Woche auch schon mal da, kommt ab und zu hierher, aber ich kenne sie nicht", verneinte Jimmy die Frage. Hilde schaute mit einem bösen Blick in Richtung Okko. „Ja, ich weiß, keine Ermittlungen", gab Okko kleinlaut zu. Jimmy grinste und Hilde auch wieder.

## Kuschelzeit…?

An diesem Sonntag erwachten Lana Booken und Lennert Jakobs eng umschlungen bei Lana zu Hause. Sie hatten einen Großteil der Nacht damit verbracht, ihr zukünftiges gemeinsames Leben zu besprechen. Lana konnte danach nicht einschlafen. Lennert wohnte nicht weit von Lanas Wohnung entfernt und war in Gedanken eigentlich schon bei ihr eingezogen. Lana ging das alles viel zu schnell, und trotz der Schwangerschaft hatte sie Lennert gebeten, nicht zu drängen. Gerade die Versetzung in den Innendienst machte ihr Kopfzerbrechen. Sie war so gar nicht der Bürotyp. Auch die Ansage ihrer Kriminalrätin, Maria Rossi, sie nach der Geburt zu versetzen, machte Lana Sorgen. Sie hatte sich gut in Leer eingelebt und fühlte sich im Team pudelwohl.
„Guten Morgen mein Schatz, hast du gut geschlafen?" Lennert streichelte Lana über ihren kleinen Ansatz am Bauch. „Guten Morgen, ja das habe ich, war aber noch ein bissel wach und habe über uns nachgedacht", antwortete sie mit einem liebevollen Blick. „Und? Was ist dabei heraus-

gekommen?" hakte Lennert nach. „Na, ich kann mich mit der veränderten Situation noch nicht wirklich abfinden. Ich bin ziemlich durch den Wind von Rossis Aussagen und ihrer Härte", gab Lana kleinlaut zu. Lennert schaute Lana fragend an. „Wieso das denn? Lass doch erst mal ein bissel Zeit ins Land gehen und wir schauen, was kommt. Wichtig sind doch wir beide, dass wir eine Familie gründen und dass wir glücklich zusammen leben können", versuchte Lennert sie zu beruhigen. „Aber das ist es doch Lennert, genau das ist es doch! Bis vor kurzem waren wir Arbeitskollegen, mochten und respektierten uns. Nun sind wir Arbeitskollegen und gleichzeitig ein Paar, das ein Kind erwartet, zudem auch noch nach einer durchzechten Nacht. Das ist wie auf einer Überholspur und ich komme nicht hinterher", versuchte Lana vorsichtig ihre Gefühle zu beschreiben. „Lana, du hast selbst gesagt, dass du dich in mich verliebt hast. Du hast mit mir geschlafen und ja, wir hatten vorher gefeiert. Nun ist es passiert, du bist schwanger, aber es hätte auch genauso ohne den Alkohol geschehen können. Wir standen uns immer sehr nahe, warum machst du dir nun so einen Kopf?" bohrte Lennert weiter. „Weil ich nicht genau weiß, ob ich das alles wirklich so schnell will, Lennert. Ich hatte Pläne, Ideen und Visionen und fühle mich von der neuen Situation völlig überfahren. Mein Leben hat sich in den letzten Wochen komplett verändert, das ist es

Lennert, verstehst du das?" Lana sah Lennert fragend an. „Natürlich verstehe ich das Lana, aber ich bin doch genauso überfahren worden. Mir geht es doch nicht anders, aber ich freue mich halt sehr auf uns, ich habe kein Problem mit dem Situationswechsel in meinem Leben", entgegnete Lennert etwas verstört.

„Lennert, hör mir bitte eben zu: Ich habe mich sehr in dich verliebt, ich habe Herzklopfen dich zu sehen oder wenn du kommst. Bin ungeduldig, wenn ich nichts von dir höre. Ich freue mich, mit dir einzuschlafen und wieder aufzuwachen. Ich liebe deinen Geruch, deine Art und deinen Humor. Trotzdem muss ich mir sicher sein, mein altes Leben aufzugeben, das Mutterwerden akzeptieren und all die damit verbundenen Konsequenzen. Das ging alles so schnell, dass ich im Moment nicht mal durchatmen kann. Bitte gib mir ein wenig Zeit mich zu ordnen, dann sehen wir weiter", erklärte Lana ihm ihre Unentschlossenheit. „Okay, was wollen wir machen, wie soll es weitergehen?" murrte Lennert nun. „Ich brauche ein paar Tage Zeit, Lennert. Zeit für mich. Ich werde mich morgen krankschreiben lassen, und ich möchte dann einen Moment alleine sein, kannst du das bitte akzeptieren?" fragte Lana. „Alles klar, ich verstehe. Du möchtest mich erst mal nicht sehen, ich packe gleich meine Sachen und verschwinde. Ich verstehe das alles nicht wirklich, aber ich akzeptiere das natürlich", Lennert stand auf und verschwand mit traurigem Gesicht im Badezimmer. Lana begann zu weinen und drückte ihren Kopf ins Kissen. Hatte sie nun zu viel gesagt? War sie nicht verständlich genug gewesen? Sie wollte doch einfach nur zu sich finden, ein paar Dinge sortieren, Gedanken, Gefühle und Empfindungen verarbeiten und dann alles neu betrachten. Lana folgte Lennert ins Badezimmer. „Nun sei doch bitte nicht traurig oder beleidigt, Mann, Lennert, wir sind doch erwachsene Menschen. Lass uns doch einen Moment durchatmen, damit wir uns beide erst mal finden können. Und dann setzen wir uns zusammen und schauen, wie wir weitermachen", Lana streichelte Lennert übers Haar. „Weißt du was Lana? Ich muss mich nicht finden, nicht sortieren und auch nicht nachdenken. Ich habe mich unsterblich in dich verliebt, mit Schwangerschaft oder ohne. Dass das nun zusätzlich geschehen ist, ist aus meiner Sicht, weil es so kommen sollte, Schicksal. Aber ich liebe dieses Schicksal und ich muss nicht darüber nachdenken. Ich will dich mit Haut und Haaren und ich will unser gemeinsames Kind… und noch etwas: Ich will mit dir leben! Heute, morgen und übermorgen, da brauche ich keine Auszeit!" gab Lennert verärgert zurück und wich Lana aus. Er ging in den Flur, schnappte sich seine Jacke und knallte die Haustür zu. Lana stand im Flur, und bevor sie noch etwas sagen konnte, war Lennert schon weg. Sie rannte wieder ins Schlafzimmer und schmiss sich weinend aufs Bett. Hatte sie zu viel gesagt und das zarte Pflänzchen, das Band zwischen Lennert und ihr zerschlagen? Genau das war es, was sie nicht gewollt hatte. Lana war in diesem Moment einfach nur verzweifelt.

## Auf der Pirsch…

Den ganzen Sonntag war er in ihrer Nähe, er ließ nicht von ihr ab. Als sie in Jimmy's Altstadt Café einkehrte, lief er vorbei und wartete in einem sicheren Abstand auf sie. Das Telefonat auf der Straße hatte er natürlich mitbekommen und war ihr sofort wieder gefolgt. Er fragte sich die ganze Zeit, wo sie denn nun wohl hin wollte. Diesem Weg war er ihr noch nie gefolgt. Als ihr Wagen dann in Hesel rechts abbog, konnte er sich denken, welches Ziel sie hatte. Er fuhr am Parkplatz vorbei und drehte ein Stückchen weiter auf der linken Seite wieder um. Dann war er zurückgefahren und hatte sie gesehen, sie und diesen Landers, diesen Playboy, der ständig auf andere Röcke aus war. Er musste vorsichtig sein, irgendwie wirkte sie in der letzten Zeit nervöser, einfach zerstreuter. Das war ihm aufgefallen. Er schoss wie immer ein paar Fotos, die er sich dann abends anschauen konnte. Das war mittlerweile sein Ritual geworden. Eins seiner Rituale. Nun hieß es: Abwarten und Tee trinken, wie man in Ostfriesland zu sagen pflegte.

# Nicht erreichbar…

Lana hatte sich den ganzen Sonntag die Seele aus dem Leib geweint. Unzählige Male hatte sie versucht, Lennert zu erreichen. Lennert war nicht an sein Telefon gegangen und auch die vielen WhatsApps, die sie ihm geschrieben hatte, blieben unbeantwortet. Sie setzte sich mit einer dicken Jacke und Mütze auf den Balkon und schaute auf die untergehende Sonne, die noch genug Licht spendete, um schnell ein Foto ohne Blitz zu machen. Lana fotografierte den Sonnenuntergang und schickte eine erneute Nachricht an Lennert:

*Hallo, bitte ruf mich eben zurück, lass uns noch mal reden bitte, ich bin so traurig, dass du mich nicht verstanden hast, ich möchte es dir erklären, lieb dich doch, Lana*

Sie ging wieder ins Wohnzimmer und machte die Glotze an. „Nur Schrott, nichts als Schrott auf den Sendern", dachte sie und schaltete genauso schnell wieder ab. Ihr Handy blieb stumm, Lennert antwortete nicht. Vielleicht hatte sie sich nicht richtig ausgedrückt, vielleicht hätte sie auch nichts sagen sollen, aber das wäre nicht sie gewesen, nicht Lana Booken. Darum war es wichtig, über alles zu sprechen. Sie hatte sich schon mehrere Tage damit beschäftigt, mit Lennert zu sprechen, aber irgendwie war es nie der richtige Zeitpunkt gewesen. „Wann ist der schon", dachte sie und schaute wieder auf ihr Handy. Sie beschloss, zu seiner Wohnung zu fahren. Ihr graute vor einem Montag im Büro, ohne vorher noch mal mit ihm gesprochen zu haben. Als sie dann bei ihm zu Hause ankam, war alles dunkel, er war nicht zu Hause. Traurig und völlig verzweifelt machte sie sich auf den Heimweg.

## Beobachtet...

An diesem Sonntag schien die Sonne sehr kräftig, es war ungewöhnlich lange hell und während viele andere Menschen sich auf Weihnachtsmärkten in Leer, Aurich oder Emden tummelten, war Ingo Landers in eigener Sache unterwegs. Er hatte einen Anruf von einer guten Bekannten bekommen, sie wollte sich am Parkplatz im Heseler Wald mit ihm treffen. Er wusste genau, was sie mal wieder „brauchte" und freute sich auf das heiße Wiedersehen. Sie hatte lange nichts von sich hören lassen, sehr lange nicht, aber das war ihm egal. Die Treffen mit ihr waren immer sehr unverbindlich und völlig unkompliziert. Er hatte etwas, was sie mochte und sie hatte etwas, was er mochte. Zwei Körper in völliger Symbiose, mehr ging nun wirklich nicht.

Landers bog an der Ampel in Hesel rechts ab und folgte der Straße circa einen Kilometer. Auf der rechten Seite befand sich ein großzügiger Parkplatz, von dem aus man wunderbar im Wald spazieren gehen konnte. Als er auf dem Parkplatz ankam, sah er ihren Eos schon. Er parkte drei Autos weiter und stieg aus. Auch sie hatte ihn schon ankommen sehen und stieg ebenfalls aus. „He, wie geht es dir? Ich habe ja lange nichts von dir gehört!" so nahm er sie in den Arm und küsste ihr zärtlich auf die Stirn. „Na, ich hatte viel zu tun und konnte auch nicht immer weg. Aber heute dachte ich mir, wir könnten uns mal wieder sehen", lächelte sie und strich mit ihrem Bein, wie zufällig, an Landers Hose entlang. „He, he, du gehst aber ran, ich mag das, wollen wir ein Stück im Wald spazieren gehen?" fragte er sie voller erotischer Erwartungen. „Ja, ich denke, im Auto ist es nicht gut, lass uns ein Stück laufen, vielleicht bis zum Waldkindergarten. Mal schauen, ob wir dort ein ruhiges Plätzchen finden." Er nahm zärtlich ihre Hand und beide verschwanden mit schnellen Schritten auf einem der unzähligen Waldwege. Sie hatten den nach Landers Ankunft einfahrenden Porsche nicht gesehen, er hatte weiter vorne geparkt und niemand war ausgestiegen. Im Wald war es an diesem Sonntag sehr ruhig. Zwei Passanten kamen den beiden entgegen, ansonsten war niemand zu sehen.

„Lass uns einen warmen Platz suchen und ein bissel kuscheln", schaute sie ihn heißblütig mit ihren Rehaugen an. Sie zog ihn an der Hand hinter sich her und suchte einen Unterstand neben dem Waldkindergarten. Ungeniert und wild begannen sie sich zu küssen, dabei suchte er ihre Oberschenkel. Sie trug wie immer bei ihren Treffen etwas Kurzes, dafür fror sie auch gern mal, diesmal war es ein Woll-Winterrock. So konnte er sie ungehindert streicheln. Sie stöhnte leise auf und erwiderte seine Streicheleinheiten, nachdem sie sich blitzschnell an seiner Hose vergriff. Beide verfielen in einen erotischen Taumel, alles um sie herum schien unwichtig zu sein. Nach kurzer Zeit stand sie auf und beugte sich über die Sitzbank im Unterstand. Sie drehte sich um und lächelte Landers feurig an. „Ich möchte, dass du mich hier liebst, jetzt und sofort, ich will das so, bitte!" Landers ließ sich nicht lange bitten und drang sanft in sie ein, er liebte sie nach allen Regeln seiner erfahrenen Verführungskünste. Sie stöhnte leise und auch Landers seufzte tief ein und aus. Nach dem kurzen aber heftigen Liebesspiel sortierten die beiden zügig ihre Klamotten und setzten sich zusammen auf die kleine Bank. „Sehen wir uns bald wieder?" fragte Landers sie und küsste abermals ihre Stirn. „Ingo, ich melde mich, wenn ich Lust auf dich habe. Komm mir ja nicht mit irgendwelchen Liebessprüchen, davon hatte ich in letzter Zeit reichlich, ich möchte das auf keinen Fall. Ich möchte schönen Sex mit dir, aber nur dann, wenn ich Lust habe, verstanden?" gab sie energisch zurück. „Ja, ist ja gut, klar verstehe ich das. Kenne deinen Göttergatten ja, kannst aber ja auch freundlich sagen", versuchte Landers sie zu besänftigen. „Gut, dann haben wir uns ja verstanden. Ich muss nun los und ich bitte dich, kurz zu warten bis ich weg bin. Hab im Moment ein komisches Gefühl, weiß auch nicht warum. Ich melde mich bei dir", antwortete sie und machte sich auf den Rückweg zu ihrem Fahrzeug. „Immer gerne, Hübsche, immer gerne, ich bin zur Stelle, wenn du mich brauchst", grinste Landers ihr hinterher. Er zündete sich eine Zigarette mit seinem verschmitzten Lächeln an. „Ein komisches Gefühl habe ich auch jedes Mal, wenn wir uns sehen, meistens in meiner Hose", dachte er, als er ihr nachschaute. Landers zog genüsslich an seiner Zigarette. Er bemerkte dabei nicht, dass er nicht ganz allein war. Von der anderen Seite des Waldweges schlich eine dunkle Gestalt in Richtung des Waldkindergartens. Als Landers aufstand und sich auf den Weg zu seinem Fahrzeug machte, folgte die Gestalt ihm mit schnellem Tempo. Landers hörte etwas knistern, drehte sich um, konnte aber nichts sehen. Er beschleunigte instinktiv sein Tempo und fühlte sich dabei irgendwie unbehaglich. Kurz vor dem Eingang zum Waldspielplatz holte die dunkle Gestalt mächtig auf und auch Landers bemerkte nun, dass er sich wohl in unerwarteter Gesellschaft befand. Landers bekam Angst und rannte los, überquerte den Spielplatz etwa zur Hälfte, ohne sich umzudrehen. Plötzlich spürte er einen höllisch stechenden Schmerz im Rücken, sackte zusammen und versuchte sich umzudrehen. Im letzten Moment sah er eine große Gestalt mit einer Pudelmütze. Eine Hand schlug ihm zweimal ins Gesicht und wieder verspürte er einen stechenden Schmerz, diesmal in der Bauchgegend. Ihm wurde speiübel und er blieb regungslos auf dem Rücken liegen. „Na, dann war das heute wohl sicher dein letztes Sexabenteuer, du Schwein!" hörte er noch, bevor er ohnmächtig und alles um ihm schwarz wurde.

## Zoo im Büro oder was?...

„Wo ist Lana, ich brauche meinen Tee!" brauste Okko Bruns durchs Büro. Kriminalrätin Maria Rossi schreckte auf und schaute aus der Tür. „Was schreien Sie hier denn so rum, machen Sie sich Ihren galligen Tee gefälligst selbst! Frau Booken hat sich diese Woche krank gemeldet", fauchte Rossi Bruns an. „Oh, Sie sind ja auch schon da, Frau Rossi, sorry, ich hatte Sie noch gar nicht gesehen", gab Okko Bruns knapp, aber freundlich zurück. „Mich wundert, dass Sie überhaupt noch etwas sehen. Vielleicht sollten Sie Ihre Pension nun bald mal einreichen, Zeit wäre es ja", patzte Rossi zurück. „Warum denn so ungehalten, Frau Rossi, hatten Sie ein schlechtes Wochenende?" fragte Bruns schnippisch nach. „Ja, ich hatte ein tolles Wochenende, ein mega Wochenende, Herr

Bruns. Aber ich mag es nicht, wenn morgens schon durchs Büro geschrien wird und ich mag es noch weniger, wenn meine Beamtinnen zu Kaffeedamen ernannt werden", flachste Rossi nun etwas ruhiger. „Tee, Frau Rossi, Tee. Ich trinke keinen Kaffee und Frau Booken macht den besten Ostfriesentee ever, das hat sie schon in Aurich für mich gemacht", konterte Bruns. „Wir sind hier aber in Leer und nicht in Aurich und hier herrschen andere Sitten, denn hier hat Maria Rossi das Sagen, denke, das sollte reichen", parierte Maria den Aufschlag von Bruns und versenkte somit einen erneuten Matchball. Okko Bruns sagte nichts mehr und ging in die Teeküche, um einen Aufguss zu machen. Er nieste schon wieder und fragte sich ständig, was ihn wohl so allergisch machen würde, hatte er ja sonst nicht gehabt.

„Wir werden uns um neun Uhr alle zusammensetzen, Herr Bruns, es gibt viele Neuigkeiten und Jensen und Pommer kommen heute wieder. Also um neun in meinem Büro", befahl Rossi aus ihrem Büro heraus. „Jawohl, Frau Rossi, verstanden, Frau Rossi, selbstverständlich, Frau Rossi", Bruns salutierte aus Flachs in der Teeküche. „So will ich das hören, genauso", kam aus Rossis Büro, die das Salutieren aber nicht sehen konnte.

„Moin zusammen, wir sind wieder da!" Oberkommissar Peter Jensen und Oberkommissarin Ilka Pommer kamen freudestrahlend ins Büro und begrüßten Okko Bruns herzlich. „Moin ihr beiden, das ist ja super, Lana Booken ist diese Woche nämlich ausgefallen und ihr beide habt für heute gleich einen tollen Job", begrüßte auch Bruns nun die beiden Beamten. Ilka Pommer setzte sich zu Okko und Peter Jensen schaute sich erst mal um und ging zu seinem Schreibtisch. Plötzlich huschte eine Katze durchs Büro, an Okko Bruns vorbei und sprang auf den Schreibtisch bei Peter Jensen. Bruns nieste augenblicklich wieder, sah die Katze und stieß einen Schrei aus. „Was ist das bitte, wer hat dieses Vieh hier reingelassen? Ich bin allergisch auf Katzenhaare!" Bruns nieste ein weiteres Mal und rannte in die Teeküche. Maria Rossi schoss aus ihrem Büro und schaute sich suchend um. „Minouche, wo bist du, komm, komm, komm zu Mama", versuchte sie, ihre Katze zurück zu locken. „Frau Rossi, was soll das?" rief Bruns aus der Teeküche, und Minouche setzte sich ungestört und schnurrend bei Oberkommissar Jensen auf den Schreibtisch. „Keine Sorge, Herr Bruns, ich hole sie zurück in mein Büro. Keine Sorge, ist nur heute, sie fühlte sich heute Morgen so einsam", versuchte Rossi Bruns zu beruhigen. „Einsam, nur heute, haben Sie nun alle Tiere in Leer bei sich aufgenommen, sind wir zum Zoo hier geworden oder was?" schrie Okko Bruns und knallte die Tür zur Teeküche zu. „Komm Minouche, komm, komm zu Mama", lockte Rossi die Katze zurück ins Büro und schloss die Tür hinter sich. Okko Bruns schaute durch einen Spalt aus der offenen Teeküchentür und kam ins Büro zurück. Sein Kopf war puterrot und er nieste im Akkord. „Ich glaube, ich melde mich heute zur Rente an, die Frau bringt mich sonst ins Grab", sprach er Jensen und Pommer an und hoffte auf Unterstützung. In diesem Moment kam Lennert Jakobs ins Büro, ging ohne etwas zu sagen zu seinem Schreibtisch und schaltete den PC an. „Also wir sagen hier ‚Moin' in Leer, wenn wir reinkommen. Schlecht geschlafen Lennert?" Bruns schaute ihn besorgt an. „Nee, alles gut, sorry, guten Morgen zusammen, bin heute nicht ganz auf der Höhe", gab Jakobs zurück und zu Ilka und Peter: „Hallo ihr beiden, schön, dass ihr wieder da seid!" „Lana geht es wohl nicht so gut, aber das weißt du ja sicher, hoffe es geht ihr bald wieder besser, grüß sie schön von mir", klopfte Okko Bruns Lennert auf die Schulter. Lennert nickte zustimmend und vermied ein Gespräch über Lana. Sie hatte zwar versucht, ihn zu erreichen, er hatte aber keine Lust gehabt mit ihr zu sprechen. Er musste erst mal einen klaren Kopf bekommen. Zu viel war am Abend vorher gesagt worden, was ihm sehr weh tat. Er war genauso verzweifelt wie Lana, aber er wollte gestern nicht noch weiter mit ihr diskutieren.

„So, hört mal her, wir haben um neun Uhr eine Besprechung mit Rossi. Heute Nachmittag findet die Geldübergabe einer Erpressung statt und ich möchte, dass ihr beide euch da einarbeitet und die Übergabe überwacht und den oder die Täter dingfest macht", schaute Bruns Jensen und Pommer an. Er reichte Pommer den Ordner mit dem Vorfall und fragte beide: „Packt ihr das heute? Ich möchte kein SEK, das sind Spinner und Volltrottel, die das gemacht haben. Ich weiß das und wir bekommen das auch so hin", beschwor er die beiden Beamten. „Ja klar, zunächst müssen wir wissen, um was es geht. Wir arbeiten uns ein und wenn wir Fragen haben, kommen wir zu dir", stimmten beide Okko zu. Okko war zufrieden und ging zu Lennert. „Hör mal Lennert, wir müssen heute klären, ob wir einen Beschluss für Besuden bekommen, dass er uns den Namen vom Käufer des Ohrrings gibt, sonst kommen wir da nicht weiter. Magst du dich eben darum kümmern?" „Ja klar, ich rufe gleich bei der Staatsanwalt und erkläre die Dringlichkeit", nickte Jakobs. „Und mache das bitte vor neun Uhr, bevor wir mit Rossi reden", fügte Bruns hinzu. „Ja, klar, wird gemacht", nickte Jakobs noch mal.

## Er lebt...

Dieser Montagmorgen war so ein richtiger sommerlicher Wintermorgen. Die Sonne schien und der leichte Frost, die schimmernde, weiß bedeckte Landschaft, sorgte für ein absolutes Winterfeeling. Tina Hensel hatte sich mit Udo und Christa Vry verabredet, sie wollten zum Heseler Wald, um einen knackigen Morgenspaziergang zu machen. Gut gelaunt hatten sie sich verabredet und Udo hatte seinen California Bulli schon an die Straße gestellt. „Guten Morgen ihr Lieben!" freute sich Tina Hensel und begrüßte die beiden herzlich. „Guten Morgen Tina, dann wollen wir mal los", begrüßten Udo und Christa ihre gemeinsame Bekannte aus Jimmy's Altstadt Café. Nach einer guten halben Stunde bog der Bulli auf den Parkplatz des Heseler Waldes ein, und die drei machten sich auf den Weg, um frische Winterluft zu schnuppern. Sie steuerten den Waldspielplatz an und Christa setzte sich erst mal auf die Schaukel. Udo lächelte und sah sich um. Plötzlich erschrak er und blieb wie versteinert stehen. „Eh, da liegt doch jemand!" schrie Udo und rannte auf einen blutverschmierten Körper zu. Christa und Tina folgten ihm und sahen Udo, wie er sich über einen regungslosen Körper beugte. „Schnell Christa, ruf den Notdienst! Der lebt noch, der lebt ja noch!" wiederholte Udo und begann, den Verletzten in eine stabile Seitenlage zu legen. Rücken und Brustkorb des Körpers waren voller Blut und Christa informierte den Notdienst. Tina Hensel zog sich hastig ihre Jacke aus und bedeckte den dort liegenden Mann, zusätzlich mit ihrer Jacke. „Hallo, können Sie mich verstehen, hören Sie mich?" redete Udo auf den schwerverletzten Mann ein. Der stark unterkühlte

Mann regte sich ganz leicht und Udo vernahm ein schwaches Nicken. „Er ist ansprechbar, sag denen das, Christa, sag denen das, ruf noch mal an", forderte Udo Vry seine Frau auf. „Ja, mache ich, mach ich ja", beruhigte sie ihren Mann. Das Opfer schlug seine Augen auf und versuchte sich umzuschauen. „Wo bin ich, was ist mit mir geschehen?" stotterte er mit zitternder, schmerzverzerrter Stimme. „Alles gut, alles gut, beruhigen Sie sich, kommt gleich Hilfe", beruhigte Udo Vry den Mann am Boden. Der verlor sogleich wieder das Bewusstsein und Udo versuchte, ihn wieder vorsichtig zu wecken. „Nicht einschlafen, bleiben Sie wach, bitte nicht einschlafen", rüttelte Vry leicht an seinem Arm, aber er bekam es schon nicht mehr mit. Dass er am Ende diese Nacht in der winterlichen Kälte überhaupt überlebt hatte, grenzte nahezu an ein Wunder, dachte Udo Vry als er sah, wie Landers wieder „wegsegelte".

## Cash machen...

Hinnerk Doden und Lars Bakker saßen im Wohnzimmer und Hinnerk goss sich gerade seine zweite Pulle Bier in den Hals. „Du sollst nicht so viel trinken, Mann, du musst gleich fit sein", fauchte Bakker ihn an. „Halt dein dummes Maul, Mann, ich bin doch nicht von zwei Pullen Bier duun", fauchte er zurück. „Mach du mal lieber die Karre fertig und pack den ollen Kratzstein in den Kofferraum, geht bald los", fügte er fordernd hinzu. „Du knallst dir den Sprit in den Kopp und ich soll die Arbeit machen? So läuft das nicht! Außerdem ist der olle Stein auch viel zu schwer für mich alleine", polterte Bakker zurück. „Dafür hab ich den Weihnachtsmann gespielt. Aber is ja gut Kleiner, beruhige dich, ich pack gleich mit an. Nu mal nicht so eine Eile, noch Zeit genug", versuchte Doden zu beruhigen. „Gleich wird cash gemacht und das alles für einen alten, gammeligen Stein", lachte Doden noch und rülpste zweimal heftig. „Kaum zu glauben, dass der Wolff darauf eingegangen ist, ganz schön dumm, dafür fünf Scheine hinzulegen", Doden laberte vor sich hin. „Noch haben wir die Kohle nicht, noch nicht, lass uns feiern, wenn es einen Grund dafür gibt", wetterte Bakker zurück. „Na, wenn die einen Verdacht hätten, oder die Bullen informiert hätten, wären die schon lange hier", lachte Doden weiter, „der zahlt und hält die Fresse, glaub mir das. Der will kein Aufsehen, so kurz vor dem Weihnachtsgeschäft, der will nur seinen bekloppten Flinten wiederhaben. Ich kenne solche Typen mit ihren Traditionen, die haben sie nicht alle", fügte er noch hinzu. Bakker musste auf den Pott, er hatte vor Aufregung Durchfall bekommen und hörte Doden schon nicht mehr zu. Doden stand nun endlich auf und ging nach draußen zum Fahrzeug. Er öffnete die Heckklappe und wartete auf seinen Kumpanen. „Nun man hurtig alter Schwerenöter, rein mit dem

Ding, wo bist du denn?" schaute Doden sich um. „Komm gleich, bin scheißen, hab Dünnpfiff, das hört gar nicht auf", hörte Doden seinen Kumpel rufen. „Nun scheiß dir mal nicht in die Hose, dat läuft alles glatt, sollst mal sehen, heute wird Zaster gemacht", lachte Doden und zündete sich 'ne Fluppe an. Nach weiteren zwei Minuten kam Bakker ihm nach. Sie luden den Kratzstein ein und stiegen in ihr Fahrzeug. „Na dann wollen wir mal", lachte Doden. „Pass auf, wir bringen den ollen Flinten auf den Parkplatz zur Evenburg in Loga, da fallen wir tagsüber nicht auf. Wir legen aber einen Zettel mit dem Fundort für den Flinten, Parkplatz Haneburg, auf die Bank oben am Plytenberg. Am falschen Standort bei der Haneburg positionieren wir dann einen Zettel mit dem realen Fundort des Flinten, also Parkplatz Evenburg. Sollte er die Kohle nicht mitbringen, werden wir vor ihm bei der Haneburg sein, den Zettel wieder einsacken und den Stein an der Evenburg in den Wagen laden, dann versenken wir dat Ding", grinste Doden Bakker an. „Das habe ich nicht verstanden, ist ja voll kompliziert", antwortete Jakobs stutzig. „Mann, bist du doof, wir brauchen doch noch Zeit, um zu überprüfen, ob die Kohle wirklich am Plytenberg abgelegt wird. Darum ist der falsche Standort halt die Haneburg[8], ist doch ganz einfach!" polterte

---

[8] Wissenswertes zur Haneburg, Anhang Seite 242

Doden zurück. „Ah, okay, ja, ich glaube, ich verstehe, wir legen ihn rein", versuchte Bakker zu verstehen. „Nun fahr du man los! Mannomann, ich mach das schon", zeigte sich Doden nun sichtlich verärgert. „Aber wo warten wir denn auf die Kohle?" erkundigte sich Bakker. „Auf die Frage habe ich echt gewartet, du denkst ja wirklich nach", lachte Doden und klopfte Bakker auf die Schulter. „Hinnerk ist ja kein kleiner Dummkopf! Du kennst doch Keno Brucks, der wohnt schräg gegenüber vom Plytenberg, da verstecken wir unser Auto parkend vor der Garage. Er hat es uns erlaubt, ist im Moment eh in Oslo, da arbeitet der wohl. Er weiß also nichts, außer, dass wir dort eben eine Stunde stehen. So fallen wir überhaupt nicht auf, ist ja ein Privatgrundstück", Doden hielt sich den Finger als Geste unter sein rechtes Auge. Bakker lachte nun leicht gezwungen mit und startete den Motor. Die beiden machten sich auf den Weg nach Leer.

## Einsatz Hesel…

Als die Nachricht eines Schwerverletzten im Heseler Wald beim Kommissariat in Leer einging, machten sich Okko Bruns und Lennert Jakobs sofort auf den Weg. Sie hatten sich noch kurz mit Ilka Pommer und Peter Jensen zusammengesetzt, die Geldübergabe für den Kratzstein von Wein Wolff am Plytenberg besprochen und Hans-Hermann Böse instruiert, wie sie sich die Übergabe vorstellten. Pommer und Jakobs sollten früh genug vor Ort sein, zwei weitere Beamte aus Leer einbinden und dann die festgelegten Positionen besetzen. Der Zugriff sollte aber erst nach der Geldübergabe erfolgen, damit Böse sich in Sicherheit bringen konnte und klar war, wer denn letztlich hinter der Erpressung stehen würde. Notfalls auch erst nach der Ankunft im Versteck oder am Wohnort der Erpresser. Der oder die Täter sollten sich zunächst in Sicherheit wiegen.

„Nun fahr doch schneller", feuerte Bruns Jakobs an, der wiederum mit seinen Gedanken bei seiner Freundin Lana war. „Ja, mach ich doch, ist ja gut, Mann, Okko! Hier ist aber so viel Verkehr", gab Jakobs verärgert zurück. „Wenn die olle Katze morgen noch im Büro ist, erschieße ich sie vor Rossis Augen, das steht fest", versuchte Okko Bruns Lennert aus seiner Träumerei zu ziehen. „Ist schon Scheiße mit der Katze, das stimmt, ich bin ja auch leicht allergisch gegen Katzenhaare. Aber ich denke, das war heute eine Ausnahme", lachte Lennert gezwungen. „Ist doch kein Zoo bei uns, Mann, erst der kleine Kläffer jeden Donnerstag und nun noch ein lebendiges Wollknäuel. Die macht was sie will, die Rossi, die macht mich echt fertig", ärgerte sich Bruns und plapperte wütend weiter. Lennert bog an der Ampel in Hesel rechts ab und folgte der Straße bis zum Parkplatz am Heseler Wald. Zwei Rettungswagen standen schon auf dem Parkplatz und Bruns und Jakobs gingen mit schnellen Schritten in Richtung Spielplatz. Der schwerverletzte, unterkühlte Ingo Landers lag auf der Trage und wurde gerade erstversorgt. Tina Hensel, Udo und Christa Vry standen einige Meter entfernt und schauten den Sanitätern sichtlich betroffen zu. „Moin, mein Name ist Okko Bruns, ich bin Hauptkommissar der Kripo Leer, das ist mein Kollege Lennert Jakobs. Wer hat den Verletzten denn gefunden?" begrüßte Okko die Anwesenden auf dem Spielplatz. „Moin, ich bin Udo Vry aus Leer, das ist meine Frau", zeigte Udo auf Christa. „Wir haben gemeinsam mit unserer Freundin Tina Hensel hier einen Spaziergang machen wollen, dabei fiel uns der verletzte Mann auf und wir haben sofort erste Hilfe geleistet und die Rettung informiert", fügte Udo Vry hinzu. „War der Mann denn bei Bewusstsein, hat er etwas zu Ihnen gesagt?" fragte Okko Bruns weiter. „Er wollte wissen, wo er ist, dann wurde er wieder bewusstlos", antwortete Christa Vry. „Okay, Herr Jakobs nimmt nun Ihre Personalien auf und dann können Sie gehen", antwortete Bruns den dreien und ging mit schnellen Schritten auf Renko Fuhren von der Spurensicherung zu. „Moin Herr Fuhren, was haben wir denn bis jetzt?" polterte Bruns grinsend los. „Hauptkommissar Okko Bruns, wie immer ungeduldig und polternd durch die Prärie", lachte Fuhren ihn an und begrüßte Bruns. „Wir haben

Papiere und Handy bei ihm in der Jacke gefunden. Er heißt Ingo Landers und kommt aus Leer. Er hat zwei Einstiche in Rücken und Bauchraum, sowie ein Hämatom am Kiefer. Er wurde wohl geschlagen, das ist im Moment alles", erklärte Fuhren seine bisherigen Erkenntnisse. „Ach so, nein, nicht alles. Wir haben, wie bei den zwei Opfern der letzten Tage, eine abgeschnittene Schwanzflosse eines Herings gefunden", ergänzte Fuhren und zeigte auf die Flosse in einer Plastiktüte am Boden. „Die war in seiner Jackentasche", fügte Fuhren hinzu. „Also können wir von demselben Täter ausgehen, der in Leerort und bei Wein Wolff zugeschlagen hat", fasste Bruns zusammen. „In der Tat, alle drei Taten wurden wohl vom selben Täter ausgeführt, mit unterschiedlichen Waffen. Nur bei Ingo Landers war der Täter nicht erfolgreich, er lebt und hat Chancen, wieder gesund zu werden. Er hat nur sehr viel Blut verloren, die nächsten Stunden werden zeigen, ob er es schafft", führte Fuhren weiter aus. „Danke schön, dann werden wir mal sehen, wie schnell wir ihn befragen können", Bruns bedankte sich und wollte sich gerade umdrehen und zu Lennert gehen. „Ich habe übrigens noch eine gute Nachricht für Sie", gab Fuhren freudig und triumphierend von sich. „Nun bin ich aber gespannt", erwiderte Bruns. „Na, eine DNA auf dem Rücksitz des Hummers in Leerort ergab einen Treffer im System, denn sie war bereits aktenkundig", ergänzte Fuhren. „Nun spannen Sie mich nicht auf die lange Folter, raus damit", grummelte Bruns. „Ich habe Ihnen die Daten vor einer Stunde zugespielt, es handelt sich um eine Frau aus Leer. Sie war vor circa fünf Jahren mal in einen Verdachtsfall mit Personenschaden verwickelt. War aber gegenstandslos und wurde nicht weiter verfolgt", Fuhrens Augen leuchteten triumphierend. „Das klingt gut, ich hab noch nichts gelesen. Heute ist der Bär los bei uns, ich werde gleich mal schauen", bedankte sich Bruns freudig und wandte sich Lennert Jakobs zu. „Wir müssen los Lennert, gibt Neuigkeiten! Den Antrag wegen des Ohrrings können wir uns wahrscheinlich sparen, wir haben einen Treffer der DNA im Hummer, eine Frau aus Leer", informierte er seinen Kollegen. „Dann werden wir nun wohl auch die Besitzerin des Prepaid-Handys kennenlernen, die Nummer tauchte ja bei den Opfern auf", grübelte Jakobs. „Ich denke auch", stimmte Bruns zu. „Das ist gut, sehr gut. Ich bin mir auch nicht sicher, ob der Antrag bei der Staatsanwaltschaft wegen des Ohrrings genehmigt worden wäre, habe noch keine Antwort erhalten. Unsere Staatsgewalt lässt da noch auf sich warten", gab Lennert leicht sarkastisch zurück. „Nehme ich da einen Funken Sarkasmus wahr?" grinste Bruns. „Nö, nur eine gegebene Tatsache, eine reine Feststellung", grinste Jakobs. Die beiden Beamten machten sich auf den Rückweg nach

Leer. Udo und Christa Vry sowie Tina Hensel beschlossen, erst mal eine große Kanne Tee in Jimmy's Altstadt Café zu trinken.

## Sehnsucht...

Lana Booken saß zu Hause und weinte bitterlich. Sie war unendlich traurig und ihr Kopf platzte vor hin- und hergerissenen Gedanken um ihre Beziehung zu Lennert Jakobs. Sie hatte nicht mit dieser unendlich tiefen Sehnsucht nach ihm gerechnet. Ja, sie liebte Lennert auch und das so sehr, dass sie ihn wenige Stunden nach ihrem Gespräch schon unendlich vermisste. Sie spürte tiefe Liebe und Sehnsucht, wenn sie nur an ihn dachte. Lana nahm wieder ihr Handy und versuchte, Lennert zu erreichen. Aber auch dieses Mal ging er nicht an sein Handy. Lana überlegte kurz, ins Kommissariat zu fahren, verwarf den Gedanken aber schnell wieder. Warum hatte sie nur so hart reagiert? Hatte sie Angst vor Bindung, vor einem Karrierestopp in ihrer Entwicklung, vor dem Gedanken Mutter zu werden? Sie machte sich eine Wärmflasche und verkroch sich wieder aufs Sofa. Immer wieder schaute sie auf das Handy und kontrollierte ihre WhatsApp-Nachrichten. Aber das Handy blieb stumm.

## Wieder mal gemeinsam…

Hannes Druden war heute Morgen gut drauf. Er hatte mit seinem Kumpel Hanno weitere Geschäfte besprochen, freute sich auf die Zusammenarbeit und den zu erwartenden Geldregen. Nun sollten es zwei Mehrgenerationenhäuser statt eines werden. Der Bedarf gerade an diesen Häusern schien zu wachsen. Die Preise für Pflegeplätze stiegen immer weiter, und auch im Landkreis Leer wuchs die Nachfrage nach einer preisgünstigen Alternative für einen bezahlbaren Altersruhesitz.

Anna Druden stand in der Küche und bereitete das Frühstück. „Guten Morgen Schatz, hast du gut geschlafen?" begrüßte Hannes seine Frau mit einem flüchtigen Kuss auf die Wange. „Guten Morgen Hannes, ja, ich bin heute sehr ausgeruht", erwiderte Anna Druden die Begrüßung mit einer freundlichen Geste. Sie strich ihrem Mann über das lichte Haar und stellte die gekochten Eier auf den Tisch. „Ich war gestern Abend früher zu Hause, aber du warst wohl noch unterwegs, oder?" begann Hannes das Gespräch am Frühstückstisch. „Ja, ich war mit Freundinnen in der Stadt, sind noch eben über den Weihnachtsmarkt geschlendert und dann zu Jimmy's Altstadt Café", gab sie fröhlich zurück und genoss ihr weichgekochtes Ei in vollen Zügen. „Ach so, ja okay, natürlich. Ich dachte wir hätten noch eben einen gemeinsamen Spaziergang durch die Stadt ge-

macht, aber wir können das ja dieses Wochenende auch machen", trotzte Hannes nun ein wenig
in seiner Stimmlage. „Hannes, du bist seit Wochen
mit diesem Hanno unterwegs. Ich weiß nicht mal,
was ihr jeden Tag macht. Dann kommst du einmal
pünktlich nach Hause und beschwerst dich gleich,
dass ich nicht da war", ärgerte Anna sich nun
sichtlich. „Nein, alles gut, ich möchte nur gerne mal
wieder ein bissel Zeit mit dir verbringen, das ist
alles", entschuldigte Hannes sich für seine trotzige
Reaktion. „Und das fällt dir nun auf einmal ein,
boah, Hannes, du bist ständig wegen dem Verein
Meerwiefke unterwegs, dann mit Hanno, dann hier,
dann da! Ich seh dich kaum und du meldest dich
mal gerade einmal am Tag per Handy, wenn es
denn gerade passt!" Anna wurde nun echt wütend.
„Nun sei doch nicht sauer, Anna, ich versuche doch
nur Geld anzulegen, damit es uns weiterhin so gut
geht wie bisher. Daran ist doch nichts Verwerf-
liches, du lebst doch auch gut davon", versuchte
Hannes die Situation nun zu retten. „Hannes, ich
erinnere mich manchmal nicht mal an deinen
Geruch, wie du schmeckst, wann wir das letzte Mal
zärtlich miteinander waren. Du bist mir mittlerweile
echt fremd geworden. Du schläfst im Kinderzimmer
und ich in unserem, wir schlafen seit zwei Jahren
getrennt. Weißt du eigentlich überhaupt noch, wie
ich nackt aussehe?" steigerte Anna nun ihre
Stimmlage deutlich. „Das war doch nur, weil ich so

schnarche! Mann, du wolltest das doch so, ich habe es doch nur gut gemeint", erwiderte Hannes nun hastig und völlig überrascht. „Ja, träum weiter, Hannes, träum weiter! Ein echter Kerl wäre schon längst mal in das Zimmer seiner Frau gekommen und hätte sie voller Verlangen und Sehnsucht genommen. Du aber schläfst in deiner Koje schon nach zwei Minuten einfach ein. Hör auf, dir etwas vorzumachen, wir sind auf dem besten Wege uns mental und körperlich zu trennen!" blitzte Anna zurück. Hannes schaute seine Frau mit großen Augen an. So hatte er sie noch nie erlebt, so nicht. Ihm stockte der Atem und er überlegte etwas zu sagen, verwarf den Gedanken aber gleich wieder. Er war einfach geschockt, geschockt vom Spiegel, den seine Frau ihm gerade vorgehalten hatte. Hannes stand wortlos auf und ging in die Stube. „Wieso sagst du nichts, warum redest du nicht?" rief Anna ihm nach. Sie verweilte einen Moment in unendlichem Selbstmitleid und ein paar Tränchen flossen an ihren Wangen runter. Dann folgte sie ihrem Mann in die Stube. Der saß teilnahmslos auf der Couch und glotzte in die Flimmerkiste, er hatte sich das Morgenprogramm eines privaten Senders eingeschaltet. „Na, das sieht dir nun wieder echt ähnlich! Du fängst an, mit mir zu diskutieren und sobald es schwierig wird, kneifst du den Schwanz ein", entrüstete sich Anna und stemmte beide Hände an ihre Hüften. Hannes kochte innerlich.

Dann brach er in Wut aus: „Ich will dir mal was sagen, Anna! Du lebst seit vielen Jahren von meinem Geld, fährst ein schickes Auto, genießt deine Freundinnen, wobei du dich überall großzügig mit unserem Vermögen gerne zeigst und nutzt jede beschissene Möglichkeit, mein Geld auszugeben! Und nun wirfst du mir das verdiente Geld vor? Im Übrigen habe nicht ich angefangen mit dir zu diskutieren, sondern du mit mir. Ich habe dir heute nur einen wunderschönen guten Morgen gewünscht und mich gewundert, dass du gestern gegen Abend nicht zu Hause warst. Darauf hast du völlig überempfindlich reagiert. Nicht ich bin der, der hier falsch tickt, ich denke, du bist das!" zischte Hannes wütend zurück und stand auf. Nun war Anna es, die keine Worte finden konnte, sie war ebenfalls schockiert über den ihr vorgehaltenen Spiegel. „Vielleicht sollten wir über eine Trennung nachdenken", versuchte Anna zu taktieren. „Mach doch was du willst! Ich brauche Luft, Luft zum Atmen", Hannes knallte die Wohnzimmertür zu. „Dieses undankbare Weibsstück", dachte er und zog sich hastig an. „Ja, richtig so, genau so! Kneif deinen beschissenen Schwanz ein, machst du ja eh immer! Wer weiß, ob der überhaupt noch aktiv ist, jedenfalls nicht bei mir!" wütend schmiss Anna die Fernbedienung des TVs an die Tür und sackte im Sofa zusammen.

# Einsatz Plytenberg…

„Wo verdammt noch mal, kommt dieses Viech nun wieder her?" schrie Hauptkommissar Okko Bruns durchs Büro, als ihm die Katze seiner Chefin vor die Füße lief. Minouche erschrak und rannte unter einen Bürotisch. Lennert Jakobs lachte innerlich und wartete nun auf eine Niesattacke von Bruns. Die blieb aber aus. Stattdessen bellte nun Frieda, der Hund von Mareike Meyer aus Maria Rossis Büro und Bruns blieb wie erstarrt stehen. „Sind hier denn nun alle verrückt geworden? Sind wir nun zum Tierheim geworden? Und außerdem ist heute Montag und nicht Donnerstag! Was macht die Thöle heute hier? Die kommt doch nur donnerstags", Bruns brüllte durch das Büro und ging auf die Tür der Kriminalrätin Maria Rossi zu. In diesem Moment kam Oberkommissar Peter Jensen auf Bruns zu. „Okko, warte bitte eben und hör zu, Ilka und ich müssen gleich los. Wir haben den Einsatz hinreichend besprochen und Hans-Hermann Böse weiß Bescheid, er wurde gerade verkabelt. Zwei weitere Einsatzwagen sind schon vor Ort und wir machen uns auch gleich auf den Weg", informierte er seinen Vorgesetzten. „Ja, okay, gut, dass ihr das hier schon ohne Lennert und mich geklärt habt. Wir haben ein weiteres Opfer, aber es, beziehungsweise der Mann lebt und wir hoffen nun, ihn bald vernehmen zu können. Wünsche euch gutes Gelingen!" gab Bruns nun etwas beherrschter zurück.

„Frau Rossi hat die Planung des Einsatzes vorbereitet, Okko. Sie hat alles arrangiert, dann kam Frau Meyer mit ihrem Hund, sie musste dringend zu einem Klienten. Darum ist der Hund heute hier", ergänzte Jensen noch. „Die kann das Kommissariat bald in einen Zoo umbauen, wenn das so weitergeht", murrte Bruns Jensen nach, aber der war schon wieder los, um sich noch kurz mit Ilka Pommer zu besprechen.

„Lass uns mal zu der Dame fahren, Lennert, wir haben die Adresse bekommen. Mal sehen, was sie zur DNA-Analyse im Hummer sagt, schauen wir mal", grinste Okko Bruns und nieste augenblicklich wieder. „Diese verflixte Katze, dieses fiese Wollknäuel bringt mich noch um", schimpfte Bruns vor sich hin und verließ mit Lennert Jakobs das Büro.

Als Ilka Pommer und Peter Jensen am Plytenberg ankamen, hatten sich die beiden anderen Teams schon positioniert. Alles sah so aus, als wenn nichts und niemand am Plytenberg zu sehen war. Peter stellte das Fahrzeug hinter der Feuerwehr ab, sodass die Fahrzeuge alle außer Sicht waren. „Leda Eins, kommen", hörte er aus dem Sprechfunkgerät. „Leda Eins hört", gab er knapp zurück. „Wann erfolgt der Zugriff, hier oder bei denen am Zielort?" kam es aus dem Lautsprecher. „Wir versuchen am Zielort zuzugreifen, wenn alles so läuft, wie geplant. Also dem Fluchtfahrzeug folgen und dann zugreifen. Wenn das nicht gelingt, müssen wir improvisieren", antwortete Jensen. Ilka schlich sich währenddessen hinter das Gebäude der Feuerwehr neben dem Plytenberg. Rund um den Plytenberg verlief ein kleiner Fußweg. Sie wollte von der Rückseite einen Einblick auf die Sitzbank oben auf dem Berg haben. Peter Jensen folgte ihr. An diesem Montag war es bitterkalt. Minus zwei Grad, zudem ein frischer Wind. Ilka und Peter froren trotz ihrer Winterkleidung mächtig. Das Warten wurde zur Tortur und nur der ständige Funkkontakt hielt die Teams ein bissel warm.

Als sich ein Fahrzeug dem Plytenberg näherte, schaute Peter Jensen auf die Uhr. „Leda Zwei kommen", flüsterte er. „Leda Zwei hört", kam es prompt zurück. „Seht ihr das Fahrzeug? Könnten die Täter sein, es fährt ziemlich langsam", flüsterte er weiter. „Ja, gesehen, wir sehen zwei männliche Insassen", kam es zurück. „Okay, Böse müsste dann auch bald kommen, warten wir die Übergabe ab", antwortete Jensen. Das Fahrzeug bog nun in eine Grundstückseinfahrt ein und es wurde der Motor abgestellt. „Die können das nicht sein, das sind Einwohner oder Besucher", kam es aus dem Lautsprecher bei Jensen. „Abwarten, abwarten, wer weiß das schon, weiter beobachten", gab dieser wieder knapp zurück. „Leda Zwei ver-standen", kam die Bestätigung. Die Sicht auf das Grundstück war den Beamten aber verwehrt, sie konnten nicht wirklich sehen, ob jemand das Fahrzeug verlassen hatte. Eine neue Position der Beamten würde sie sofort auffliegen lassen.

Jensen beschloss, erst mal zu verharren und weiter zu beobachten. Da auch die Seiten des Grundstücks nicht einsehbar waren, bemerkten die Beamten nicht, dass eine Gestalt hinten um die Häuser herum einen Weg zum Hügel gefunden hatte. Sie wagte offensichtlich nicht den Aufstieg über die Treppe nach oben, sondern ging von der Seite der Umgehungsstraße den Berg hinauf. Die ganze Aktion dauerte knapp zehn Minuten und Jensen und seine Kollegen befanden sich währenddessen im toten Winkel der Geschehnisse.

„Ich bin nun auf dem Weg und komme gleich an", hörte Jensen Hans-Hermann Böse laut und deutlich. „Alles klar, Herr Böse, legen Sie bitte die Tasche mit dem Geld auf die Bank und entfernen Sie sich schnell wieder", wies Jensen höflich an. Böse bog in die Straße zum Plytenberg ein und hielt direkt vor dem Hügel. Er stieg aus und brachte die Tasche geradewegs zur Bank auf dem Hügel. „Hier liegt ein Zettel, mit der Aufschrift: *Fahr zur Haneburg auf den Parkplatz, dort steht der Kratzstein*", las Böse den gefundenen Zettel vor. „Sie fahren direkt nach Hause, das übernehmen wir, wie abgesprochen. Steht die Tasche auf der Bank?" fragte Peter Jensen. „Scheiße, die habe ich vor der Bank stehen lassen, vergessen, dass ich sie auf die Bank stellen sollte", kam es aus dem

Lautsprecher. Ilka schaute Peter etwas verstört an. „Ich kann nur die Bank sehen Peter, vor der Bank kann ich nichts sehen, der Winkel passt nicht", gab Ilka etwas panisch zurück. Jensen überlegte kurz. „Leda Zwei, könnt ihr vor der Bank etwas sehen?" funkte er. „Negativ, wir sehen die Bank, aufwärts des Sitzplatzes", antwortete Leda Zwei. „Okay, zwei Mann vorsichtig seitwärts des Hügels hoch zur Bank. Wir müssen dorthin", wies Jensen die Beamten an. „Leda Zwei verstanden, wir machen das", hörte Jensen noch und pirschte sich mit Ilka Pommer nun auch etwas dichter an den Hügel heran. In dem Moment, als Hans-Hermann Böse sein Fahrzeug erreicht hatte und nach Hause fahren wollte, schnellte ein Fahrzeug aus einer Ausfahrt und zischte an ihm vorbei. Auch Jensen und Pommer sahen den Wagen, konnten aber nicht so schnell reagieren. Jensen senkte völlig enttäuscht den Kopf.

## Anna Druden…

Als die hübsche Frau die Tür öffnete, verschlug es Okko Bruns erst mal die Sprache. Er starrte sie von oben bis unten an und war von einem zum anderen Moment „altersverliebt". Ihr exzellenter weiblich gebauter Körper, ihre Ausstrahlung und ihre Stimme lösten bei Bruns eine plötzliche Sprachblockade aus. Ihr fiel das sofort auf, sie schmunzelte leicht und bat die beiden Beamten ins Haus.

„Moin Frau Druden, mein Name ist Lennert Jakobs, das hier ist Hauptkommissar Okko Bruns. Entschuldigen Sie bitte die Störung, aber wir hätten ein paar Fragen an Sie, Frau Druden", übernahm Lennert die Konversation und beide folgten Anna Druden ins Wohnzimmer. „Was kann ich denn für Sie tun, wobei kann ich Ihnen helfen?" fragte die hübsche Frau freundlich. Mittlerweile hatte Okko Bruns sich wieder gefangen und übernahm die Gesprächsführung. „Ja entschuldigen Sie noch mal, mir ging es gerade einen Moment nicht gut, hab ab und zu mal leichte Herzbeschwerden. Wir hätten da dringend ein paar Fragen zu einem gewissen Herrn Schanter aus Leer", begann Bruns die Befragung. „So so, Herzbeschwerden? Na, dann sollten Sie mehr Sport machen und viel spazieren gehen", versuchte Anna Druden nun ihrerseits die Fassung zu wahren. „Ja, ich werde es mir merken, danke schön. Kennen Sie Herrn Schanter näher?" bohrte Okko Bruns weiter. „Mir sagt der Name etwas, kann sein, dass er im Verein meines Mannes ist", antwortete Druden zögerlich. „Na dann verstehen wir aber nicht, warum Ihre DNA bei Schanter im Fahrzeug gefunden wurde. Auf dem Rücksitz, in der Nähe diverser Spermaspuren von ihm", wurde Bruns nun etwas genauer und platzte mit der „Tür ins Haus". Anna Druden wurde rot, lehnte sich in die Couch zurück und senkte den Kopf. „Woher wissen Sie denn, dass das meine

DNA in dem Fahrzeug ist und was soll ich denn überhaupt gemacht haben? Ich verstehe das nicht", versuchte sie, sich aus der Situation zu retten. „Das ist ganz einfach, Frau Druden. Ihre DNA war bei uns in der Kartei und es steht außer Frage, dass Sie zu irgendeinem Zeitpunkt in diesem Fahrzeug auf dem Rücksitz gesessen haben. Bitte beantworten Sie jetzt unsere Fragen wahrheitsgemäß, es geht hier um vorsätzlichen Mord in zwei Fällen und um die lebensgefährliche Verletzung eines Dritten", wurde Bruns nun ernster. Anna Druden begann zu weinen, sie holte sich ein Taschentuch aus der Küche und kam völlig verheult wieder ins Wohnzimmer. „Okay, ich möchte aber um absolute Diskretion bitten, ich bin verheiratet und möchte es auch bleiben, können Sie mir das versprechen?" bat Druden Bruns nun mit ihren Rehaugen. „Bei Mord gibt es keine Diskretion, wir können Sie aber auch gerne mit aufs Präsidium nehmen, wenn Ihnen das besser gefällt. Reden Sie besser jetzt und wir versuchen, die Flamme so klein wie möglich zu halten, wenn das geht. Das kann ich Ihnen versprechen", versuchte Bruns sie zu locken. „Horst Schanter und ich hatten eine Affäre. Ja, wir haben uns ab und zu getroffen. Er ist halt ein Vereinskamerad von meinem Mann, so haben wir uns auch kennengelernt. Reicht Ihnen das?" gab Anna Druden leise von sich. „Nein, das reicht leider nicht, Frau Druden. Dann hatten Sie letzte Woche Mittwoch ein Date in Leerort mit ihm, stimmt das?" „Ja, das stimmt", antwortete Frau Druden zögerlich. „Dann sind Sie offensichtlich die letzte Person, die Schanter lebend gesehen hat", stellte Bruns fest. „Aber ich bringe doch niemanden um, ich mache doch so was nicht! Ich kann keiner Fliege etwas zuleide tun. Warum sollte ich den Mann denn umbringen? Wir haben doch nur ein bissel Zärtlichkeit ausgetauscht, keine Gewalt!" stammelte Anna Druden. „Das mag ja alles so sein, aber wir können nun mal nicht hinter Ihre Schädeldecke schauen und müssen erst mal von einer Gewalttat ausgehen, die Sie verübt haben könnten. Sie müssen uns nun doch bitte begleiten, Frau Druden, wir benötigen sehr viel mehr Informationen. Das klären wir dann besser im Präsidium", Okko Bruns hatte die Nase voll. „Bin ich denn nun festgenommen? Mein Mann kommt doch nachher nach Hause, was soll ich ihm denn dann sagen? Was sagen meine ganzen Freunde, oh Mann, was soll ich nur machen?" plapperte Anna Druden verzweifelt. „Nein, Sie sind nicht festgenommen, wir möchten Ihre Aussage aber aufzeichnen und dazu benötigen wir einen Verhörraum", versuchte nun Lennert Jakobs, sie zu beruhigen. Druden rutschte aufgeregt auf der Couch hin und her und Okko Bruns schaute unweigerlich auf ihre hübschen Beine, verwarf den Gedanken aber gleich wieder und forderte sie mit einer hebenden Geste auf, den beiden Beamten zu folgen. „Warten Sie bitte noch einen Moment, wenn ich Ihnen weitere Details nenne, alles erzähle, alles, was Ihnen sofort weiterhilft, kann ich dann morgen zur Vernehmung aufs Präsidium kommen?" versuchte Druden ihre Lage zu verbessern. Bruns und Jakobs schauten sich fragend an. Es bestand absolut keine Fluchtgefahr, keine Möglichkeit zur Vertuschung von Beweisen. Beide Beamte dachten das Gleiche.

„Na, dann schießen Sie mal los, wir sind ganz Ohr, versprechen kann ich aber nichts und wir müssen am Ende das Gespräch auch aufzeichnen, das holen wir dann nach", antwortete Okko Bruns und setzte sich wieder hin. „Okay, ich erzähle Ihnen alles was ich weiß, versprochen", begann Anna Druden ihre Erzählungen. „Mein Mann und ich führen eigentlich eine gut bürgerliche Ehe, wir sind schon sehr lange verheiratet, aber mit der Zeit verändern sich die Dinge halt auch in der Ehe. Ich bin immer ein fröhlicher, kontaktfreudiger Mensch gewesen, das ist mein Mann zwar auch, aber eher in seinem Verein, nicht mit mir. Er ist viel unterwegs und so habe ich mir die letzten Jahre ein kleines Stückchen Achtung und Lebensfreude wiedergeholt, wenn Sie verstehen, was ich meine?" fuhr sie fort. „Nee, nicht wirklich, was meinen Sie genau?" fragte nun Lennert nach. „Na, ich habe halt sehr nette und aufmerksame Männer kennengelernt, nichts Ernstes aber eben etwas voll

Schönes, bissel für Seele und Körper. Und da ich ab und zu mit zu den Versammlungen des Vereins meines Mannes gehe, kam ich auch in Kontakt mit Horst Schanter sowie einigen seiner Vereinskollegen. Ist ja eher ein Männerverein, der Meerwiefke Leer e. V.", fuhr sie fort. „Kennen Sie auch einen Johann Jaspers und einen Ingo Landers?" hakte Bruns nun neugierig nach. „Ja, natürlich, Johann Jaspers war auch eine meiner Bekanntschaften. Aber was ist denn mit Ingo Landers? Ich kenne ihn gut, wir waren am Wochenende noch kurz zusammen", fragte Anna Druden nun sehr ängstlich. „Er wurde schwer verletzt im Heseler Wald aufgefunden und liegt nun im Krankenhaus. Aber sagen Sie bitte, ist Ihnen nicht der Verdacht gekommen, dass die Todesfälle mit Ihnen zusammenhängen könnten, man merkt doch so was, oder?" stocherte Bruns nun weiter. „Natürlich war das komisch. Als ich vom Tod Schanters und Jaspers gehört habe, kamen schon die ersten Gedanken daran, hab die aber schnell wieder verworfen. Aber nun, wo Ingo auch noch verletzt ist, bin ich mir ziemlich sicher, ja es könnte sein", Anna Druden begann wieder verzweifelt zu weinen. „Was wusste Ihr Mann eigentlich von diesen Bekanntschaften, oder wusste er überhaupt was, ahnte er etwas?" brachte sich nun Lennert Jakobs wieder ein. Anna Druden versuchte, sich wieder zu beruhigen, aber es gelang ihr nur langsam. „Wissen Sie, mein Mann hat nur seine Geschäfte, seinen Verein und seine Kollegen im Kopf. Manchmal sehen wir uns zwei, drei Tage nicht. Er schläft ja im anderen Zimmer, weil er oft mächtig schnarcht, aber ich glaube nicht, dass er etwas ahnt oder weiß. Wobei er heute Morgen das erste Mal echt komisch reagierte, ich war gestern Abend spät zu Hause, sagte ich Ihnen ja. Ich habe mich mit Ingo getroffen und mein Mann stellte heute Morgen ungewöhnliche Fragen", gab Anna zu. „Wissen Sie, wo er gestern war?" bohrte Bruns weiter. „Nein, das weiß ich nicht, das ist immer so. Er ist die letzte Zeit oft mit einem bestimmten Kollegen, einem Hanno unterwegs", antwortete Druden. „Haben Sie zufällig ein Prepaid-Handy in Ihrem Besitz, Frau Druden?" wollte Jakobs wissen. „Ja, das habe ich, aber ich benutze es nur für meine zeitweiligen Kontakte mit meinen, ich sag mal, Freunden", erwiderte Druden sofort. „Ich habe es mal geschenkt bekommen, auch von einer Bekanntschaft", fügte sie hinzu. „Okay, dann können wir uns da die weitere Suche sparen", bedankte Jakobs sich. „Ich denke, dann können Sie vorerst zu Hause bleiben. Wir werden uns melden, wenn wir noch Fragen haben. Halten Sie sich zu Hause auf und nehmen Sie bitte für die nächsten Tage keine Treffen mit weiteren Freunden oder Kollegen Ihres Mannes an. Wir können Ihnen leider nicht ersparen, dringend mit Ihrem Mann sprechen zu müssen, wir versuchen das aber mit Diskretion zu behandeln", wollte Okko Bruns sich von Anna Druden verabschieden und zeigte Lennert eine Geste zum Aufbruch. „Ist mein Mann denn nun aufgrund meiner Bekanntschaften verdächtig? So was würde er doch nie machen, ich kenne den doch, niemals würde er einem Menschen etwas antun", flehte Anna die beiden Beamten an und lief ihnen zur Tür nach. „Frau Druden, wir mussten Menschen kennenlernen, die für deutlich weniger straffällig geworden sind. Sie müssen uns nun halt vertrauen und sehr vorsichtig sein. Wir können Ihnen auch kurzfristig eine Unterkunft besorgen, wenn Sie Angst haben", bot Bruns seine Hilfe an und musterte die schöne Frau noch mal von oben bis unten. „Danke schön, aber ich habe keine Angst, weder vor meinem Mann noch vor anderen. Ich denke aber, das ist das Ende meiner Ehe, wenn Sie meinen Mann befragen", schluchzte Anna Druden traurig. „Das lässt sich nun leider nicht vermeiden, er ist halt nach Ihren ganzen Aussagen verdächtig. Wo ist er heute?" drehte sich Bruns noch mal wieder um. „Ich weiß es nicht genau, wir haben heute Morgen ein wenig gestritten, er ist einfach los, einfach so", schluchzte Druden nun noch mehr. „Wir benötigen seine Handynummer, dann werden wir weitersehen", nickte Bruns und bekam nach kurzem Zögern von der hübschen Frau die Nummer ausgehändigt. „Lass bitte die Nummer sofort orten, Lennert", bat

Bruns seinen Kollegen auf dem Weg ins Präsidium. „Das habe ich gerade schon gemacht, er ist für mich auch der Hauptverdächtige", bestätigte Lennert Jakobs die Bitte.

## Auf der Jagd…

„Los, Peter, wir können die noch einholen", motivierte Oberkommissarin Ilka Pommer ihren Kollegen, um ihn aus seiner Starre über die misslungene Aktion am Plytenberg zu befreien. Peter Jensen schaute hoch und nickte. Die beiden Beamten rannten zum Fahrzeug und nahmen die Verfolgung auf.

„Leda Zwei für Leda Eins, kommen", ertönte es aus dem Lautsprecher. „Leda Eins hört", antwortete Jensen. „Wir sind gerade auf dem Weg zur Haneburg, um dem Hinweis für den Fundort des Kratzsteins nachzugehen. Böse ist auf jeden Fall in Sicherheit und auf dem Weg nach Hause. Wir melden uns gleich wieder", fuhr der Beamte fort. „Alles klar, verstanden. Wir nehmen die Verfolgung des Fluchtfahrzeugs auf. Wenn ihr den Stein habt, geben wir unseren Standort durch, kommt dann bitte dorthin", antwortete Jensen. „Leda Zwei verstanden und Ende", ertönte es. Jensen konnte das Fluchtfahrzeug gerade noch an der Ampel zur Deichstraße bei Rot über die Ampel fahren sehen. „Da, da ist er, siehst du ihn?" fragte Jensen. „Ja, klar, den kriegen wir. Der hat nicht mit unserer

schnellen Reaktion gerechnet. Lass uns dran-
bleiben, mal sehen wo die jetzt hinfahren", bestätigte Pommer Jensens Beobachtung. Das
Fluchtfahrzeug schien die Verfolgung nicht zu be-
merken, es verlangsamte die Geschwindigkeit auf
der Deichstraße und hielt sich an den Richtwert.
Drei Fahrzeuge lagen zwischen den Beamten und
den Erpressern. Die Erpresser bogen in die Umgebung B 436 Richtung Jann-Berghaus-Brücke ab
und folgten der Emsstraße nach Weener. Vor der
Ampel in Leerort mussten sie halten. Nun waren
nur noch zwei Fahrzeuge zwischen Beamten und
Erpresser. „Wollen wir zugreifen?" fragte Ilka
Pommer ihren Kollegen. „Nein, auf keinen Fall, wir
folgen ihnen bis zu ihrem Nest. Wer weiß, wie viele
dazugehören, ich fordere Verstärkung an", erwiderte Jensen. „Leda Eins für Zentrale, bitte
kommen", funkte Jensen nun. „Zentrale hört", kam
es zurück. „Wir verfolgen einen grauen VW Caddy
Richtung Jann-Berghaus-Brücke und bitten um
Verstärkung. Aktuelle Situation: Im Fluchtfahrzeug
sitzen zwei Personen, Bewaffnung unklar", fuhr
Jensen fort. „Verstanden, Leda Eins, wir setzen
zwei Streifen in Bewegung, bleiben Sie in Kontakt",
kam es zurück. „Das Fluchtfahrzeug biegt Richtung
Jemgum ab, wir bleiben hinter ihm und folgen bis
zum Ziel", ergänzte Jensen noch und folgte dem
Caddy Richtung Jemgum. Nur ein Fahrzeug befand sich noch zwischen den Beamten und den Er-

pressern. Peter Jensen verlangsamte die Geschwindigkeit, um nicht aufzufallen. Der VW Caddy hielt sich penibel an die durch Schilder angewiesenen Geschwindigkeiten. Er durchquerte Bingum und fuhr weiter Richtung Jemgum. Jensen war sich sicher, nicht aufgefallen zu sein und es war nur noch ein Fahrzeug zwischen ihnen, das nun aber auch abbog. Die Beamten befanden sich somit direkt hinter den Erpressern. Jensen verlangsamte noch mal. In Jemgum angekommen, bog der Caddy plötzlich in eine Auffahrt, die Lichter erloschen. Oberkommissar Jensen bremste ab und bog in einen Weg ein. Er stellte das Fahrzeug ab und gab seine Position durch. „Lass uns warten bis die Verstärkung eintrifft, wir wissen nicht, was da auf uns zukommt", wies Jensen seine Kollegin an. „Leda Zwei für Leda Eins, kommen!" hörten die beiden. „Leda Eins hört", gab Jensen zurück. „Wir sind hier an der Haneburg, da ist kein Stein. Hier liegt nur ein Zettel auf dem Parkplatz am Mülleimer, dass wir zur Evenburg nach Loga fahren sollen. Dort könnten wir den Stein dann abholen", kam es aus dem Lautsprecher. „Negativ, lasst das bitte zunächst und kommt nach Jemgum, den genauen Standort geben wir per Handy durch. Wir sind hier am Nest der verdächtigen Personen. Kommt bitte sofort hierher", wies Jensen die andere Zivilstreife an. „Leda Zwei verstanden, wir kommen sofort", kam es zurück.

## Eifersucht und Hass…

Er hatte von seinem misslungenen Akt im Heseler Wald gehört und ärgerte sich maßlos über sein Ungeschick. Auch wenn die aktuellen Informationen dünn waren, wusste er, dass Landers noch lebte. Er hätte noch mal zustechen sollen, noch tiefer. Kurz hatte er auch darüber nachgedacht, einfach ins Krankenhaus zu fahren, um sein Werk zu vollenden. Die Gefahr, dabei aufzufliegen, war aber zu groß. Er war noch nicht fertig, noch nicht am Ziel seiner Aktionen. Ein Name fehlte ihm noch, eine Person, die wichtigste. Danach würde er auffliegen, das war ihm schon klar, aber eben erst danach. Rastlos war er durch die Stadt gelaufen und hatte seinen Plan noch mal überdacht. Hatte er alle Möglichkeiten und Eventualitäten erwogen? Das Zimmer in Weener hatte er bereits gebucht. Er wollte zusehen, das Leid sehen, ein Meer von Tränen. Zu oft hatten seine Gedanken und die damit verbundenen Schmerzen ihm die Nächte geraubt. Blanke Wut und Hass überkamen ihn jedes Mal, wenn er auch nur ihren Namen hörte. Die Zeit war gekommen, endlich! Handeln war angesagt. Er setzte sich in ein Café in der Mühlenstraße in Leer und bestellte sich einen Kaffee. Der ganze Trubel mit dem Weihnachtsmarkt, die Buden, die Lautstärke waren ihm zu viel. Lieber in ein kleines Café, wo er sich konzentrieren konnte. Heute, ja heute musste er handeln, heute musste es sein. Er schaute kurz auf die Uhr, es war noch zu früh, aber er bemerkte auch seine innere Ungeduld. „Zügle deine Ungeduld, sei bei dir, nur bei dir und konzentriere dich", redete er sich immer wieder zu. Er dachte nach und versuchte sich zu erinnern, wann er eigentlich die Eigenschaften von Mitgefühl und Wärme verloren hatte. Es fiel ihm nicht ein, musste wohl schon ewig her sein. Genüsslich trank er seinen Kaffee und schaute aus dem Fenster auf das Treiben der Menschen im Weihnachtstrubel. Wie sie ihre Tüten und Geschenke durch die ganze Stadt schleppten. Andere standen an der Glühweinbude und schraubten sich einen Glühwein nach dem anderen rein. Wieder andere schaufelten sich Pommes, Currywurst, Frikadellen oder Bretzel in ihre Leiber. Sie lachten, umarmten sich, klopften sich auf die Schultern und sangen Weihnachtslieder. Er war auch mal so gewesen, vor der Zeit, bevor ihn Hass und Eifersucht getrieben hatten. Als sein Verstand und sein Herz noch nicht von diesem Gefühl vernebelt waren. Ja, er war auch mal ein ganz solider und mitfühlender Mensch gewesen. Jetzt war er es nicht mehr, er war zu einem kaltblütigen Killer geworden.

## Parkplatzschaden…

Die Nachmittagssonne zeigte sich an diesem Montag mit wärmespendender Stärke. Für einen Dezembertag recht ungewöhnlich. Ramona Zingel hatte heute frei. Ihr Mann hatte dieses Glück nicht, er war schon sehr früh nach Oldenburg gefahren, wo er an diesem Tag gleich drei Termine wahrnehmen sollte. Ramona saß mit Sammy Davis Junior, einem Labrador mit ein bissel Rottweiler in den Genen im Wintergarten und schaute nach draußen. „Was meinst du Sammy, wollen wir heute eben einen Spaziergang um die Evenburg machen?" Ramona schaute ihren Hund fragend an. Der verstand sofort, wedelte mit dem Schwanz und rannte in den Flur. Mit einem Paar Winterschuhen kam er zurück und legte sie vorsichtig vor Ramona ab. „Braver Hund, brav mein Schatzi, wir verstehen uns", streichelte sie Sammy übers Haupt. Zehn Minuten später kamen die beiden an der Evenburg in Leer/Loga an. Ramona bog neben der Burg auf den Parkplatz ein und stellte zu ihrem Erstaunen fest, dass sie wohl gerade die Einzige war, die die Idee hatte, einen Spaziergangs zu machen. Sie bog rückwärts in eine Parklücke ein. Plötzlich ein heftiges Kratzen, ein kleiner Knall. „Oh nein, was hab ich denn da übersehen?" schrie sie kurz auf und zog das Fahrzeug wieder nach vorne. Sammy verschränkte in seiner Gitterbox die Pfoten vor seinem Gesicht und Ramona kontrollierte zunächst die Einstellung der Rückfahrsensoren, die waren aber aktiv. Dann schaute sie noch mal in den Rückspiegel, nichts zu sehen. Für den ersten Moment traute sie sich nicht aus dem Auto, überwand sich dann aber und stieg aus. Hinter ihrem Fahrzeug stand eine Palette, auf der Palette ein großer Stein mit einer Plastiktüte und einem Umschlag darin. Ramona holte Sammy aus seiner Gitterbox und leinte ihn an. Der pinkelte erst mal genüsslich an den gerade gefundenen Schatz. Ramona konnte zunächst keinen Schaden am Fahrzeug entdecken, beim genauen Betrachten fiel ihr aber eine abgebrochene Plastikschürze unter dem Heckstoßfänger auf. „So eine Scheiße, so ein Mist, wer stellt hier denn so was einfach hin?" fluchte sie laut auf. Nachdem sie die Plastiktüte entdeckt hatte, der erste Schreck überwunden war und sie mehr und mehr wütend wurde, riss sie die Tüte von der Palette ab und schaute hinein. Darin befand sich ein D4 Blatt mit der Aufschrift:

*Wie versprochen der Kratzstein unbescholten zurück! Der Weihnachtsmann dankt für das kleine (Wolffs) Glück*

Ramona hatte in der Presse von dem Diebstahl des Kratzsteins bei Wein Wolff gelesen. Da hatte aber nur etwas von einem gestohlenen Stein gestanden und sie hatte nicht weiter gelesen. Beim genauen Betrachten fiel ihr aber auf, dass sie diesen Stein schon oft auf ihren Spaziergängen gesehen hatte, an der Ecke zu Wein Wolff. Ramona griff zum Handy und wählte die Nummer der Polizei Leer. Nachdem sie dann den Vorfall und ihren Sachschaden gemeldet hatte, sollte sie auf dem Parkplatz warten, eine Streife sei bereits unterwegs zu ihr. Ramona machte noch etliche Fotos von Stein und Schaden und rief ihren Mann in Oldenburg an. Nach diesem Schrecken hatte sie sich erst mal ein Päuschen im Café an der Evenburg[9] verdient. Sammy widersprach mit

---

[9] Wissenswertes zu Schloss Evenburg, Anhang Seite 243

einem tiefen Gähnen, er hatte sich ja gerade auf den Spaziergang gefreut. „Machen wir danach, gleich danach", versprach sie und klopfte ihrem Hund ganz zart den Rücken.

## Wo ist Hannes Druden…?

Lennert dachte die ganze Fahrt über von Jemgum nach Leer an Lana, sie hatte mehrmals versucht ihn anzurufen, er hatte nicht abgenommen. Auch ihre Nachrichten hatte er nicht beantwortet. Irgendwie fühlte er sich benutzt und betrogen, obwohl das ja nicht der Fall war. Er ging den Sonntagmorgen noch mal gedanklich durch und ließ die vielen Worte im Streit mit Lana noch mal Revue passieren. Eigentlich hatte Lana ja nur um etwas Zeit gebeten. Und er hatte im Gegensatz dazu schon ganz andere Erwartungen gehabt, die aber eben nicht mit Lanas parallel liefen. Ein echtes Dilemma. Ja, er war dann sehr traurig und trotzig verschwunden. Für ihn hatte es den Anschein gehabt, dass Lana ihn nicht wirklich wollte.

„Sag mal, wo bist du eigentlich mit deinem Kopp?" riss Okko Bruns Lennert aus seinen Gedanken und stupste ihn während der Fahrt in die Seite. „Okko, Mann, du erschreckst mich, gleich liegen wir im Graben, was soll das denn!" gab Lennert verärgert zurück. „Du hast die ganze Zeit im Auto kein Wort gesagt, Lennert. Das kenne ich nicht von dir, irgendetwas beschäftigt dich und ich weiß, dass es mit Lana zu tun hat. Wenn du reden möchtest, bin ich da", bot Bruns seine väterliche Unterstützung an. „Das ist sehr nett von dir Okko, aber dabei kannst du mir nicht helfen. Ich denke, ich muss heute Abend noch zu Lana, ich muss da was klären", antwortete Lennert dankbar. „Stress?" bohrte Okko nach. „Ja, aber ich glaube, ich bin schuld daran, Okko. Lass uns über was anderes reden, mir ist gerade nicht nach Partnerschaftsanalyse", verteidigte Lennert sein Bedürfnis zu Schweigen. „Okay, ik segg nu nix mehr dorvan", plapperte Bruns und grinste. Er vernahm ein Brummen in seinem Handy. „Bruns hier, was gibt es?" meldete er sich knapp. „Ah, okay, danke Frau Rossi, ja, wir fahren sofort dorthin, das ging ja schnell", Bruns bedankte sich bei seiner Chefin. „Seltenheitswert", dachte Lennert und lachte innerlich. „Lennert, wir müssen sofort nach Ditzum, das Handy von Druden wurde dort geortet, gib Gas!" drängte Bruns seinen Kollegen. Lennert drehte auf dem Parkplatz der Wilhelmine-Siefkes-Schule um und fuhr wieder Richtung Jann-Berghaus-Brücke ins Rheiderland. „Sag mal, als wir vorhin bei Anna Druden waren, da hat es dir an der Tür komplett die Sprache verschlagen, was war denn los mit dir?" stichelte Lennert und grinste in seinen Bart. „Äh, wie meinste das denn, ich war doch absolut konzentriert und professionell bei der Befragung, oder?" gab Okko kleinlaut zurück. „Ja, nachdem du absolut stumm und wie elektrisiert warst, hast du dich gefangen, das stimmt", stichelte Lennert weiter. „Nu hör aber auf, Mann! Ich musste mich eben ganz kurz einfangen, wegen viel zu tun und so", verteidigte sich Okko Bruns und wurde richtig ein bissel rot. „Okko, so hab ich dich lange nicht gesehen, da war dann wohl mehr ,und so'!" lachte Lennert nun herzhaft auf. „Nu holl up mit de Shiet un fohr, damminemol", wetterte Bruns auf Platt. Lennert lachte immer noch und bog ein zweites Mal heute auf der Ems Straße in Richtung Jemgum ab. „Brauchen wir Verstärkung in Ditzum?" fragte Lennert seinen Vorgesetzten. „Nein, das denke ich nicht. Wenn er sich widersetzt oder flüchtet, lassen wir den Heli kommen, außerdem schickt Rossi noch einen Wagen nach, das hat sie gerade gesagt", antwortete Bruns gelassen. „Also kommt ein weiterer Wagen, dann bekommen wir doch Verstärkung", gab Lennert zurück. „Wenn du das so siehst, ja, es ist eine Streife zu uns unterwegs", bestätigte Bruns. Er merkte gerade, dass er gedanklich wieder bei Anna Druden vor der Tür stand. Als die beiden Beamten in Ditzum ankamen, war das kleine Fischerdorf wie im Winterschlaf. Ein Tannenbaum stand am Siel auf dem Deich, die Geschäfte und Restaurants waren alle geschlossen. Lediglich das sehr beliebte Fischhaus an der Werft hatte geöffnet. Vor der Absperrung stand ein Fahrzeug mit Leeraner Kennzeichen. „Lass uns das

Kennzeichen eben überprüfen, vielleicht ist das der Wagen von Hannes Druden, dann wird es einfach", grinste Bruns seinen Kollegen an. „Leda Vier für die Zentrale", Lennert funkte blitzschnell. „Zentrale hört", kam es zurück. „Wir benötigen eben eine Kennzeichenüberprüfung", Lennert gab das Kennzeichen durch. „Zentrale für Leda Vier", ertönte es aus dem Lautsprecher. „Leda Vier hört", gab Lennert zurück. „Das Fahrzeug ist auf einen Hannes Druden aus Leer/Loga zugelassen", bestätigte die Überprüfung den Verdacht von Okko Bruns. Die beiden Beamten stiegen aus und überprüften den Hafen und das Fischerhaus, von Hannes Druden war aber nichts zu sehen.

## Im Präsidium...

„Was machen Sie denn hier, Sie sind doch krankgeschrieben?" polterte Kriminalrätin Maria Rossi Lana Booken an, als diese die Gebäude der Kriminalpolizei an der Nesse in Leer betrat. Maria Rossi kam gerade in diesem Moment mit wippendem Dutt auf dem Kopf aus ihrem Büro. „Liebe Frau Rossi, ich bin nicht bettlägerig und kann somit durchaus spazieren gehen oder Dinge aus meinem Schreibtisch holen, die ich dringend benötige", gab Lana bestimmt zurück. „Das mag ja sein, aber was ist denn so wichtig, dass man am ersten Tag seiner Krankschreibung zum Arbeitsplatz rennt und da etwas abholen muss, verstehe ich nicht!" bohrte

Rossi weiter. „Erstens geht Sie das absolut nichts an, das ist etwas Persönliches und zweitens wollte ich kurz zu Lennert und ihn etwas fragen, aber auch das geht Sie nichts an", antwortete Lana. „Ich sage Ihnen nun mal was, das Sie sich hinter Ihre Ohren klammern können, wenn noch Platz neben den riesigen Ohrringen ist: Erstens haben wir hier gerade alle Hände voll zu tun, Ihr Freund Lennert wird heute absolut keine Zeit für partnerschaftliche Themen haben. Zweitens gibt es einen Versicherungsschutz, dem gerade im Krankheitsfall eine besondere Bedeutung zugemessen wird, zumal Sie auch noch schwanger sind. Also halten Sie sich bitte zu Hause auf oder gehen im Park spazieren, aber nicht hier!" Maria Rossi stand nun direkt vor Lana und schaute ihr bestimmend in die Augen. „Tut mir leid, dass ich schwanger bin", gab Lana sarkastisch zurück und drehte sich auf der Stelle um. „Den Satz können Sie sich sparen!" rief Rossi noch hinterher, als Lana sich wieder auf den Rückweg zum Fahrstuhl machte. Lana hatte es zu Hause nicht mehr ausgehalten, sie hätte so gerne kurz mit Lennert gesprochen. „Diese Rossi ist ein echter Eisklotz, wie ich die hasse", dachte sie beim Verlassen des Gebäudes und machte sich auf den Rückweg nach Hause. Sie hatte bis dato noch immer nichts von Lennert gehört. Und warum war gerade heute so viel zu tun, war Lennert vielleicht in Gefahr oder gar verletzt? Lana machte sich große Sorgen um ihn und versuchte erneut, ihm eine Nachricht zu schicken. Diesmal kam aber eine Nachricht zurück:

*Melde mich heute Abend kurz, hab jetzt keine Zeit, Gruß Lennert*

Lana las die Nachricht mehrmals nacheinander, sie war so unendlich froh, dass er sich gemeldet hatte, sie weinte vor Freude und beschloss, zu Jimmy ins Altstadt Café zu gehen, einen Tee zu trinken und ein paar nette Worte mit Jimmy zu wechseln.

## Zugriff in Jemgum...

„Ich glaube, die sind ins Haus gegangen", stupste Ilka Pommer ihren Kollegen Peter Jensen an. „Ja, ich glaube das auch. Lass uns noch eben auf die Verstärkung warten, dann greifen wir zu", antwortete Jensen ganz aufgeregt. Die beiden Beamten warteten in sicherer Entfernung zum Einfamilienhaus der beiden Verdächtigen Hinnerk Doden und Lars Bakker. Ilka überprüfte ihre Waffe noch mal, den Sitz der Schutzweste und nestelte an ihrer Kleidung rum. Ja, sie war nervös, nach langer Zeit zu Hause, der erste gemeinsame Einsatz mit ihrem Kollegen. Jensen überlegte. „Vielleicht haben die beiden ja auch etwas mit den Morden zu tun", grübelte er und sah Ilka fragend an. „Das glaube ich eher nicht. Okko hält sie für nicht gerade intelligent und ich, ehrlich gesagt, auch nicht", versuchte sie Jensen zu überzeugen. „Na, wir wissen es halt nicht genau, lass uns trotzdem sehr vorsichtig sein", beschwor Jensen seine Kollegin. „Das bin ich immer, das weißt du doch, machst du dir etwa Sorgen um mich?" lachte Ilka nun. Peter wurde rot. „Nein, ich weiß ja, dass du eine gute Polizistin bist", grinste Jensen zurück.

Die Verstärkung rollte an und blieb in einem Abstand von dreihundert Meter vom Zielobjekt stehen, versteckte sich in einer Nebenstraße und die Kollegen stiegen aus. Die beiden Beamten liefen geduckt zu Jensen und Pommer und blieben am Fahrzeug stehen. „Moin zusammen, wollen wir?" fragte der jüngere der beiden. „Auf gehts, ja, lasst uns zugreifen", bestätigte Jensen, beriet kurz die Vorgehensweise mit den anderen und stieg aus. Ilka Pommer folgte ihm. Pommer und Jensen hatten beschlossen, den Vordereingang zu besetzen, die beiden anderen Beamten schlichen über das Nachbargrundstück von der Hinterseite an das Zielobjekt heran. Ilka und Peter stellten sich neben den Eingang. Es war absolut ruhig, die Beamten vernahmen keine Geräusche aus dem Haus. „Wollen wir klingeln?" grinste Ilka ihren Kollegen an. „Natürlich, das gehört sich doch so", lachte Peter und vergewisserte sich kurz, ob die beiden anderen Kollegen ihre Position erreicht hatten. Dann klingelte Ilka an der Vordertür.

# Ditzum oder die Nadel im Heuhaufen...

„Wo kann der nur hin sein?" wunderte sich Okko Bruns und schaute sich am Hafen von Ditzum[10] um. Weit und breit nichts zu sehen. „Ich denke, der ist zum Außenanleger gelaufen. Vielleicht sitzt der da ja irgendwo und überlegt, was er eigentlich alles gemacht hat und wie er da nun noch rauskommt", antwortete Lennert Jakobs. Bruns beschloss, mit Jakobs den Außenanleger zu überprüfen. Sie gingen an der alteingesessenen Bültjer Werft vorbei, die noch immer nach traditioneller Art Holzschiffe reparieren und bauen konnte. Vorbei an dem großen Gelände mit den Holzlagern und den zu reparierenden Schiffen und kamen nach wenigen Minuten am Außenanleger an. Auch dort war weit und breit nichts von Druden zu sehen. „Wir sollten ein Stück am Wasser hochgehen und schauen, ob er sich dort irgendwo aufhält", schlug Lennert vor. „Gute Idee Lennert, schau dich dort um, ich gehe noch mal ins Dorf, an der Mühle und am Café vorbei. Wir treffen uns beim Fahrzeug, wenn wir nichts entdecken. Sollte einer von uns Druden sehen, kein Zugriff alleine, wir informieren uns und treffen uns dann", nickte Bruns und ging alleine wieder zum Dorf zurück. Lennert ging den Außenanleger entlang zum Wasser.

---

[10] Wissenswertes über Ditzum, Anhang Seite 244

## Wieder am Platz...

Der Anruf der Kripo kam genau in dem Moment, als Hans-Hermann Böse die neue Abfüllung des Wolffs Glück verkostete. Dieser Likör hatte es ihm einfach auch persönlich angetan. Die vielen Geschmacksnoten verzauberten Zunge und Gaumen. Stefan Mennenga, der Brennmeister der Weingroßhandlung Wein Wolff, hatte wieder einmal einen Volltreffer gelandet. „Böse, hier, wen hab ich da?" fragte er freundlich. „Ah, das ist toll, wir holen den Stein wieder ab, ich lasse einen Fahrer zur Evenburg kommen. Das freut mich sehr, danke schön!" bedankte sich Böse nachdem er erfahren hatte, dass der Kratzstein, wie mit den Erpressern vereinbart, nun aufgefunden war. Er informierte Jan Wolff sofort und ließ einen Fahrer zur Evenburg fahren. Er selbst wollte mitfahren, um sich von der Echtheit und der Unversehrtheit des Steines zu überzeugen. Vor Ort kontrollierte er den Stein und lehnte sich zufrieden auf den Beifahrersitz zurück. „Hallo Jan, ich bin's! Ja, es ist unser Kratzstein und er ist absolut okay, wir haben ihn wieder. Wollen wir mal hoffen, dass das Geld heute Abend auch wieder zu Hause ist", informierte er seinen Chef sofort von der Evenburg aus. Glücklich und zufrieden lud er mit dem Fahrer zusammen das historische Artefakt ein. „Auf nach Hause, dass er wieder die Ecke unseres schönen Weinhauses schützt, so wie er es Jahrhunderte gemacht hat", lachte Böse den Fahrer an und fuhr mit ihm wieder in die Altstadt.

## Rossi glüht...

Kriminalrätin Maria Rossi saß in ihrem Büro und rutschte ungeduldig auf ihrem Stuhl hin und her. Ihre Beamten waren seit Stunden in zwei Einsätzen und sie bekam keine Informationen. Ihr Telefon blieb still, Bruns nahm nicht ab, wenn sie versuchte, ihn zu erreichen. Und auch aus Jemgum kamen keine Neuigkeiten. Ihr kleiner Asylant, die Katze Minouche, hatte sich gerade mit Frieda, dem Hund ihrer Freundin Mareike, angefreundet und beide spielten unbeschwert in Rossis Büro. So stand Rossi auf, ging in das große Gemeinschaftsbüro ihrer Beamten und steuerte auf eine junge Polizistin zu, die die Einsätze als Zentrale koordinierte. „Sagen Sie mal, Frau Lohne, haben Sie immer noch nichts aus Jemgum oder Ditzum gehört? Das geht ja nun schon seit Stunden, was bildet dieser Bruns sich eigentlich ein, der soll gefälligst Meldung machen", wütete Rossi. „Doch natürlich, Frau Rossi, ich habe gerade vor fünf Minuten mit Hauptkommissar Okko Bruns gesprochen. Druden ist noch flüchtig und wird immer noch in Ditzum gesucht, das Fahrzeug steht dort am Hafen. Sie suchen ihn überall", gab Insa Lohne höflich zurück. „Und wieso weiß ich davon nichts, warum haben Sie mich nicht informiert und was ist mit Jemgum?" wütete Rossi weiter. „Frau Rossi, ich habe nicht Bescheid gesagt, weil es nichts Neues gibt. Was soll ich Ihnen denn erzählen? In Jemgum ist die Wohnung der Erpresser ausgemacht und unser Team ist mit Verstärkung vor Ort, da steht es unmittelbar vor dem Zugriff", ergänzte Lohne nun schnell, bevor Rossi zu explodieren schien. „Ich bin hier wohl für euch alle ein Niemand, ein Nichts oder wie muss ich das sehen? Ich will minutiöse Meldungen auf meinem Tisch bei so wichtigen Einsätzen! Boah, was ist hier eigentlich los, macht hier neuerdings jeder was er will?" Rossi startete so richtig durch und ihr Dutt auf dem Kopf tanzte gerade einen Tango. „Aber Frau Rossi, es gibt doch noch nichts Neues, was soll ich Ihnen denn alle paar Minuten sagen?" versuchte Lohne, sie nun ganz sanft zu beruhigen.

„NICHTS NEUES IST AUCH ETWAS NEUES UND DAS WILL ICH WISSEN, HABEN MICH NUN ALLE HIER VERSTANDEN?" brüllte Rossi durch das Büro. Die Beamten im Büro drehten sich aufgeschreckt zu Rossi um und nickten zustimmend.

„Geht doch, danke schön", gab sie nun etwas besänftigt zurück und verschwand wieder in ihrem Büro.

# In Eisen…

Hinnerk Doden hatte die Klingel zunächst nicht gehört. Lars Bakker knuffte ihm auf den Arm, während Doden gierig die Scheine zählte. „Eh, Mann, es klingelt, geh mal zur Tür. Wird der Eier-Onkel sein, der kommt meistens um diese Zeit", forderte Bakker ihn auf. Doden schaute Bakker wütend an, sagte aber nichts und bewegte sich zur Vordertür. Da die Tür keine Scheiben hatte, konnte Doden nicht sehen, wer und ob überhaupt jemand vor der Tür stand. Er dachte kurz nach und rastete die zusätzliche Türkette ein. Dann schloss er auf und öffnete die Tür bis zum Anschlag der Kette. In dem Moment, als er „Polizei, machen Sie auf!" hörte, schlug er geistesgegenwärtig die Tür wieder zu und rannte in Richtung Wohnzimmer. Auch Bakker hatte das inzwischen mitbekommen. „Mensch, die Bullen sind hier!" schrie Doden und bekam Panik. „Hinten raus, wir müssen hinten raus!" schrie Bakker zurück. Beide Erpresser griffen nach der Beute, die Tasche rutschte ihnen weg und die Scheine flogen auf den Boden. „Raus hier, wir müssen raus hier, lass die Kohle liegen", schrie Bakker noch, als er durch die Terrassentür nach draußen rannte. Doden folgte ihm und beide standen plötzlich im Garten direkt vor den Pistolen der Beamten von der Verstärkung. Doden riss die Arme hoch und auch Bakker ergab sich sofort. Mittlerweile hatten auch Ilka Pommer und Peter

Jensen den Vordereingang aufbrechen können und standen nun hinter den Erpressern. „Hinlegen, sofort, auf den Bauch, auf den Bauch, die Hände auf den Rücken, sofort", rief Peter Jensen und hielt auch seine Waffe auf die beiden gestellten Männer. Doden und Bakker schauten sich an und zögerten. „Hinlegen, jetzt sofort, Hände auf den Rücken", wiederholte Jensen seine Forderung. Doden und Bakker legten sich nun brav auf den Boden und verschränkten die Hände auf den Rücken. Die Beamten der Verstärkung legten die beiden Erpresser blitzschnell in Eisen, Jensen und Pommer sicherten die beiden. „Sie sind festgenommen, Ihnen wird räuberische Erpressung, gefährliche Körperverletzung und Mordverdacht in zwei Fällen, sowie versuchter Mord in einem Fall vorgeworfen", klärte einer der Beamten die beiden auf. „Mord? Wieso Mord? Wir haben doch niemanden ermordet, wie kommen Sie darauf, wir haben lediglich einem neugieren Typen eins über den Schädel gezogen, der lebt aber definitiv!" stotterte Doden entsetzt. „Halt doch einfach die Fresse", zischte Bakker seinen Kumpel an. „Mann, merkst du nicht, dass die uns verarschen, mach einfach deinen Kopp zu", fügte er wütend hinzu. „Das klären wir dann alles auf der Wache, meine Herren", erwiderte Peter Jensen und zog Doden auf die Beine. Auch Bakker stand nun wieder. Die beiden anderen Beamten führten das ungleiche Gespann ab und Ilka Pommer informierte die Spurensicherung. Das ganze Haus sollte bezüglich weiterer Straftaten auf den Kopf gestellt werden. Zurück im Haus und schauten die Beamten auf die Geldscheine, die im Wohnzimmer überall verstreut lagen. „Das wäre nun ihr Preis gewesen", grinste Peter Jensen und schaute sich in den anderen Räumen um. „Was sollte das wohl mit dem Vorwurf der Morde? Wir wissen doch, dass die das nicht waren", fragte Pommer ihren Kollegen. „Das war ein klassischer Fake von mir, die haben doch gleich die Körperverletzung an Jimmy zugegeben, was wollen wir mehr", grinste Jensen. „Aber das zählt doch vor Gericht nicht, die können das doch sofort widerrufen", wandte Ilka Pommer ein. „Das können die, natürlich können sie das. Aber erst mal haben sie es zugegeben, wird schwierig, da wieder rauszukommen, zumal der eine sehr nervös wirkt", entgegnete Jensen zuversichtlich. „Stimmt nun auch wieder, wenn die getrennt voneinander befragt werden, plappert einer von ihnen bestimmt wie ein Wasserfall", stimmte Ilka Pommer zu.

Nachdem die beiden den Tatort fotografiert hatten, die Details alle in Bildern festgehalten hatten, warteten sie auf die Spurensicherung. Renko Fuhren von der Spurensicherung traf nur wenige Minuten später ein. „Moin zusammen, bei euch haben wir ja echt eine Jahreskarte, wenn das so weitergeht!" begrüßte er Pommer und Jensen freundlich. „Ja, hier in Leer ist schon echt was los", lachte Jensen und übergab den Tatort an die Spurensicherung. „Was meinst du Ilka, nun erst mal ein Fischbrötchen in Ditzum, so richtig lecker und frisch?" fragte Jensen seine Kollegin. „Da hätte ich auch echt Lust drauf, lädst du mich ein?" grinste Ilka ihren Kollegen an. „Lass mich kurz überlegen, bei meinem kleinen Gehalt, äh, ja okay, heute lade ich dich mal ein", gab Jensen zurück und nahm Ilka ganz kurz in den Arm. „Nicht anhänglich werden, Herr Pommer, nicht anhänglich werden", drückte Ilka Peter Jensen zart von sich. „Wieso wusste ich, dass das nun kommt?" lachte Peter und beide machten sich auf den Weg nach Ditzum.

Auf der Fahrt war aufgrund des Fahndungserfolges gute Laune angesagt. „Sollten Okko und Lennert noch in Ditzum sein?" merkte Peter Jensen an. „Ich denke, ja. Wir haben noch nichts gehört, oder hast du etwas gehört?" erwiderte Ilka Pommer. „Nein, warte, ich versuche mal, sie zu erreichen", antwortete Jensen und benutzte den Sprechfunk. Nach einem kurzen Telefonat wusste Jensen Bescheid, Okko und Lennert suchten immer noch nach Hannes Druden. „Wir kommen dazu, sind gleich da", beendete Jensen das Gespräch. „Gib Gas Ilka, wir unterstützen die beiden in Ditzum", wies er Ilka an und sie gab nun Gas.

# Aufgewacht...

Ingo Landers öffnete langsam seine verklebten Augen. Verschwommen und in einem grellen Licht sah er die Geräte und Kabelagen, die um ihn angeordnet waren. Augenblicklich verspürte er starke Schmerzen im Rücken und Bauchbereich. Landers versuchte, die Augen ganz zu öffnen und sich zu bewegen, aber er war zu schwach für jegliche Regung. Er versuchte sich zu erinnern und festzustellen, wo er gerade war. Es gelang zunächst aber nicht. Er konzentrierte sich. Dann kamen die ersten Erinnerungen. Das Letzte, an das er sich auf einmal erinnern konnte, war der Heseler Wald. Ja, er war dort gewesen, er hatte ein Date mit Anna Druden gehabt. Das wusste er plötzlich wieder, und je mehr er sich konzentrierte, umso mehr erinnerte er sich an die Geschehnisse im Wald. Langsam kam alles wieder zurück. Er war im Heseler Wald geflüchtet, er hatte eine Gestalt bemerkt und eine Stimme gehört, die ihm nicht mehr aus dem Kopf ging. Keine gut bekannte Stimme, aber er hatte sie schon gehört. Landers tastete nach der Alarmtaste. Irgendwie schaffte er es, das Kabel zu umfassen und am Ende des Kabels den Taster zu drücken. Dann sah er eine schemenhafte Gestalt über sich. „Hallo Herr Landers, Sie sind ja wieder unter den Lebenden", hörte er eine freundliche weibliche Stimme. Er versuchte etwas zu sagen, das gelang ihm aber nicht sofort. „Ganz ruhig, Herr Landers, ganz ruhig, ich bin ja bei Ihnen", beruhigte die sanfte Stimme der Intensivschwester ihn und strich mit ihrer Hand über seine Stirn. „Polizei, ich möchte die Polizei, ich möchte etwas aussagen", stotterte er mit schmerzverzerrtem Gesicht. „Natürlich, kein Problem, ich werde sofort im Kommissariat anrufen, beruhigen Sie sich bitte, Sie sind hier in absoluter Sicherheit", beruhigte die Schwester ihn weiter. Landers sah nun die Umrisse der jungen Frau und schaute in besorgte Augen. „Ich, ich möchte aussagen, bitte, ich möchte, dass die Polizei kommt", wiederholte er sein Anliegen. „Ja doch, ich weiß, ich rufe dort sofort an, bleiben Sie bitte ruhig liegen. Sie möchten doch wieder gesund werden", redete die junge Frau nun ruhig und gelassen auf ihn ein. Landers versuchte sich aufzurichten, das gelang ihm aber nicht. Die Krankenschwester drückte ihn sanft wieder auf sein Kissen und streichelte noch mal über seine Stirn. „Ich komme gleich wieder Herr Landers, ich informiere jetzt sofort die Polizei darüber, dass Sie wach sind und reden möchten", legte sie noch mal sanft nach. Landers gab nach und verhielt sich nun ruhig. Er hatte zwar noch Angst, seine Erinnerungen wieder zu verlieren, wurde aber zusehends ruhiger und schloss seine Augen wieder. Die Krankenschwester rannte auf den Flur und informierte den Beamten vor Landers Tür, der das Zimmer bewachte. Dieser gab die

Information sofort an seine Dienststelle in Leer weiter. Der erste Zeuge dieser abscheulichen Morde in Leer, der erste Zeuge, der seinen Peiniger vielleicht gesehen hatte, war aus der Bewusstlosigkeit wieder aufgewacht.

## Überraschung...

Im Spiegel ihres Badezimmers sah Anna Druden eine verzweifelte und verheulte Frau. Sie hatte mehrmals versucht, ihren Mann zu erreichen, ohne Erfolg. Anna sah gerade ihr ganzes Leben zusammenbrechen, wie ein wackeliges Kartenhaus, das auf einem schwammigen Fundament stand. All ihre kleinen Eskapaden holten sie plötzlich ein. Sie hatte Angst, Angst um sich, um ihre Ehe mit dem damit verbundenen Wohlstand und auch ein bissel um ihren Mann. Sie versuchte sich vorzustellen, dass Hannes all diese schrecklichen Taten vollbracht haben sollte. Es ging nicht. „Hannes? Niemals!" dachte sie immer wieder. Anna rannte ins Wohnzimmer und griff noch mal zum Handy, wieder versuchte sie ihren Mann zu erreichen. Wieder kein Anschluss. Sie hielt es Zuhause einfach nicht mehr aus. Hastig zog sie sich eine Jacke über, schnappte nach ihrem Autoschlüssel und fuhr in Richtung Stadt. Sie brauchte Luft, Luft zum Atmen. Als Anna zur Spierkreuzung unterwegs war, gab es aber noch jemanden, der ihren Weg wählte. Er hatte vor Annas Haus gestanden und gewartet. Gewartet auf sie, auf eine Gelegenheit, sich ihr zu nähern. Anna bemerkte nichts davon, sie wälzte sich in Selbstmitleid und Angst, schaltete die Sender im Radio immer wieder durch. Überall Weihnachtslieder, danach war ihr nun wirklich nicht. Sie überlegte, wohin sie fahren sollte. Die Stadt befand sich gewöhnlich gegen Abend in absoluter Weihnachtsstimmung, das wollte sie auch nicht. Diese gut gelaunten, glühweintrinkenden und bratwurstessenden Passanten konnte sie heute absolut nicht ertragen. Sie entschied sich für einen Spaziergang am Deich in Leerort, dort, wo sie sich noch vor wenigen Tagen mit Horst Schanter getroffen hatte. Sie wollte diesen Ort noch mal betreten und in sich hineinfühlen, danach wollte Anna Druden diesen Ort nie wieder betreten, das hatte sie sich geschworen. Sie wollte noch einmal an die Stelle, wo sie diesen wundervollen Sex gehabt hatte, wo sie sich so oft mit Schanter getroffen hatte. So konnte sie vielleicht auf andere Gedanken kommen.

Ihr Verfolger wartete kurz, nachdem sie ausgestiegen war und ging ihr nach. Anna Druden schritt zum Deich und genoss für den Moment die frische Luft. Ein vorbeikommendes Frachtschiff fuhr gerade unter der Jann-Berghaus-Brücke durch. Anna genoss die frische Brise, fühlte aber plötzlich ein Unbehagen im Nacken, als wenn sie nicht alleine wäre. Sie drehte sich um und sah in zwei hasserfüllte Augen einer dunklen Gestalt mit Bundeswehrjacke und Pudelmütze.

„Überraschung!" hörte sie noch, dann wurde es dunkel um Anna Druden. Sie sackte in den Armen der Gestalt zusammen, und die Gestalt ließ das Tuch mit dem Chloroform auf den Boden fallen. Er zerrte sie in sein Fahrzeug, band ihr die Hände auf dem Rücken zusammen und verpasste ihr einen Knebel. Über die Augen klebte er einen breiten Streifen Klebeband. „Jetzt geht es dir an den Kragen! Nie wieder wirst du mich verletzen, ich werde dich demütigen und dann vernichten, du Schlampe", sagte er und schüttelte sie wach. Anna erkannte ihn sofort an seiner Stimme und der Schrecken ließ ihr das Blut in ihren Adern erstarren.

## Wenn der Weihnachtsmann verhaftet ist...

„Guten Abend Herr Doden, mein Name ist Kriminalrätin Maria Rossi, ich werde Sie nun vernehmen, das Gespräch zeichnen wir auf", begrüßte Maria Rossi Hinnerk Doden im Vernehmungsraum der Dienstelle in Leer. „Jo, Moin, ich möchte meinen Anwalt sprechen", gab Doden trotzig zurück. „Das können Sie auch, er wurde informiert und kommt gleich", antwortete Rossi kurz und fuhr fort. „Ihnen wird Diebstahl, Erpressung und Körperverletzung vorgeworfen, zudem gibt es einen Verdacht auf zwei zusammenhängende Mordfälle sowie versuchter Totschlag, der auf das Konto von Ihnen und Herrn Bakker gehen könnte. Sind Sie sich der Schwere der Vorwürfe bewusst, Herr Doden?" wurde Rossi nun ernster. „Ich hab doch niemanden umgebracht und mein Kumpel auch nicht! Damit haben wir nichts zu tun, Mann, wir wollten doch nur…", Doden brach ab. „Was wollten Sie nur?" hakte Maria Rossi nach. „Ich will meinen Anwalt sprechen, das will ich", trotzte Doden. „Herr Doden, wenn Sie mit uns zusammenarbeiten, kann ich vielleicht etwas für Sie machen. Ihr Kumpel singt gerade wie eine Feldlerche, geben Sie mir etwas, woran ich Ihren guten Willen erkennen kann", mahnte Rossi geschickt. Doden überlegte kurz und verkniff sich ein Schimpfwort über seinen Kumpel. „Also gut, was wollen Sie wissen?" fragte er leise. „Alles, Herr Doden, alles", gab Rossi knapp zurück. Dann fing Doden an zu plappern, er erzählte von seinem Besuch als Weihnachtsmann bei Wein Wolff. Davon, dass Jimmy von Jimmy's Altstadt Café die beiden beim Diebstahl des Kratzsteins gesehen hatte und von ihrer gemeinsamen Erpressung. Binnen einer Viertelstunde hatte Maria Rossi die ganze Geschichte um die Erpressung, den Raub und die Körperverletzung an Jimmy von Doden gestanden bekommen. Zufrieden lehnte sie sich zurück und schaute Doden mit einem sehr ernsten Gesicht an. „Wissen Sie, Herr Doden, ich verstehe absolut nicht, warum man sich eine so haarsträubende Idee einfallen lässt und dann auch noch verkackt, aber das muss ich ja wohl auch nicht. Ich kaufe Ihnen zwar ab, dass Sie mit den Morden nichts zu tun haben, für alles andere werden Sie sich gemeinsam mit Herrn Bakker verantworten müssen. Da sind ein paar Jahre Haft als gesetzliche Folge schon mal vorprogrammiert, aber ich werde aufgrund Ihres umfangreichen Geständnisses eine Eintragung und Empfehlung vor Gericht abgeben", fasste Maria Rossi zusammen. „Das war aber echt nicht meine Idee, wir wollten doch nur, dass die Weinhandlung den Stein auslöst, weil der halt etwas ganz Besonderes für die Altstadt ist. Wir wollten niemandem etwas antun, brauchten nur nötig ein wenig Bares", versuchte Doden die Taten zu beschönigen. „Herr Doden, Ihr Kollege wurde noch nicht mal vernommen, das war ein Fake. Aber nun können wir zumindest ausschließen, dass Sie und Ihr Kumpel etwas mit den Morden zu tun haben. Es gab an dem Tag einen weiteren Weihnachtsmann, der die Weinhandlung aufgesucht hat. Die Überprüfung Ihrer Daten passen aber nicht zu den Morden, somit sind Sie dort raus", ergänzte Rossi kalt und Doden schaute nun wie ein Auto, das gerade von einer Weltraumrakete überholt wurde. Maria Rossi klingelte an der Tür und ließ einen Beamten in den Verhörraum. „Abführen! Ach so, Herr Doden, Ihr Anwalt wartet vor der Zelle", fügte sie noch hinzu und ging hinter dem Beamten und Doden aus dem Raum. „Wo sind eigentlich meine ganzen Beamten, Frau Lohne, wieso sind die noch nicht wieder hier?" erkundigte Rossi sich. „Die sind noch im Einsatz. Pommer und Jensen sind nach ihrem erfolgreichen Einsatz in Jemgum nach Ditzum gefolgt, um dort zu unterstützen", gab Lohne kleinlaut zurück. „Herr Druden wurde noch nicht gefunden", fügte Lohne hinzu. „Meine Güte, Ostfriesland ist doch nun nicht so groß, dass man einen tatbekannten Typen nicht ausfindig machen kann, zumal sein Fahrzeug dort gesichtet wurde. Wieso bummeln die denn so lange rum?" wütete Rossi vor sich hin und schlug ihre Bürotür hinter sich zu. Lohne antwortete nicht mehr, sie schüttelte nur unverständlich den Kopf. Rossi griff wütend zum Telefonhörer und beantragte eine Durchsuchung der Wohnung von Druden. Aufgrund von „Gefahr im Verzug" wurde ihr eine sofortige Umsetzung genehmigt. Zehn Minuten später waren zwei Beamte und die Spurensicherung unterwegs.

# Am Pranger…

Die letzten Strahlen der Winterabendsonne hatten sich verzogen, als er über die Norder Straße in die Burgstraße in Weener einbog. Anna Druden lag auf dem Rücksitz und versuchte, sich zu bewegen. Ihre Beine waren frei, aber ihre gefesselten Hände auf dem Rücken ließen keine großartigen Bewegungen zu. Sie bekam Panik und versuchte zu schreien, aber auch das gelang ihr nicht, der Knebel ließ gerade mal ein Schlucken zu. Sehen konnte sie auch nichts, ihre Augen waren komplett verklebt. Er bog langsam in die Osterstraße in Weener ein und parkte sein Fahrzeug auf einem freien Platz hinter einem kleinen Hotel. Ein Zimmer hatte er schon vor Tagen unter falschem Namen gebucht, hier wollte er seinen Plan zu Ende bringen, ein für alle Mal. Er verließ sein Fahrzeug und schaute sich kurz um. Um diese Zeit war es in der kleinen Stadt Weener sehr ruhig, kein Mensch zu sehen. Das stimmte ihn sehr zufrieden, denn sein Plan schien aufzugehen. Er brauchte ein bissel Zeit, um alles vorzubereiten, und das ohne störende Zuschauer, das war die einzige Gefahr hier. Aber auch da hatte er vorgesorgt. Im Kofferraum lag eine große Tafel mit einer Aufschrift und eine Kameraattrappe mit Stativ. Er holte beides aus dem Kofferraum und ging mit langsamen Schritten auf den Kaake-Bogen[11] an der Kirche zu. Dort stellte er die Kamera und das Schild auf. Auf dem Schild stand in großen Buchstaben:

*Achtung: Filmaufnahmen Rheiderland Krimi. Bitte nicht stören und weitergehen.*

Das Schild war auf beiden Seiten beschriftet, sodass jeder es lesen konnte. Dann zerrte er Anna Druden aus dem Fahrzeug und schob sie vor sich her über die Straße zum Kaake-Bogen. Dort kettete er sie rechts an den alten Schäkel des ehemali-

---

[11] Der Kaake-Bogen in Weener, Anhang Seite 246

gen Prangers der Bogenmauer. Er hängte ihr ein Schild vor den Bauch auf dem zu lesen stand:
*Ich heiße Anna Druden, ich bin eine Schlampe, mich kann jeder haben.*
An ihrem rechten Fuß brachte er einen selbstgebauten elektronischen Zünder mit einer Sprengladung an. Jeder, der vorbeigehen würde, konnte den Zähler sehen und somit auch mitzählen. Das Zählwerk war auf vier Stunden eingestellt. Er hatte das alles lange überlegt und vorbereitet. Nun war seine Stunde gekommen und auch die von Anna Druden. Er entfernte das Klebeband von ihren Augen und schaute sie lächelnd an. „Nun pass mal auf, liebe Anna, hier bleibst du nun stehen, für alle sichtbar, du wirst nicht versuchen auf dich aufmerksam zu machen, denn unten an deinem Fuß ist eine kleine Versicherung für mich. Du wirst brav hier stehen bleiben, bis ich dich wieder abhole. Du sollst leiden, so wie ich gelitten habe, du sollst schwitzen, wie ich es wegen dir musste. Halt dich still hier und du hast eine kleine Chance zu überleben. Wenn du das verstanden hast, dann nickst du nun einmal", er fasste ihr ins Gesicht und drückte ihre Wangen zusammen. Anna Druden nickte zögerlich und ihre Augen füllten sich mit Tränen. „Nun weinst du, ich habe auch viel wegen dir geweint", fügte er hinzu und ließ von ihr ab. Zwei Passanten, die gerade vom Friedhof kamen, schrien entsetzt auf. Die Frau griff sofort zum

Handy und wollte den Notruf wählen. Der Mann kam mit geballten Fäusten auf ihn zu. „Ganz ruhig, wir machen hier Filmaufnahmen für die neue Serie, den ‚Rheiderland Krimi', bitte gehen Sie weiter", hörten die beiden ihn sagen. „Ach so, das wussten wir ja nicht, sah so echt aus, sorry", entschuldigte sich der Mann, und die Frau packte ihr Handy wieder ein. „Das soll ja auch echt aussehen", lachte er zurück und drehte das Schild mit den Filmaufnahmen so, dass auch die Friedhofsbesucher es lesen konnten.

Anna Druden schaute dem Ganzen wehrlos und verzweifelt zu. Sie war noch nie in ihrem Leben so gedemütigt worden. Er bückte sich vor Anna, schaute zu ihr hoch und stellte mit einem Augenzwinkern den Zünder scharf. „Viel Spaß liebe Anna, du standst ja schon immer gerne im Mittelpunkt, jetzt darfst du es genießen!" grinste er und entfernte sich zügig vom alten Kaake-Bogen. Die beiden Passanten entfernten sich ebenfalls vom „Drehort" und schauten sich noch mehrmals um. Mittlerweile wurde es dunkel, aber durch die Straßenbeleuchtung war der Platz gut einsehbar und so blieben immer mal wieder Passanten stehen und schauten auf das Geschehen. Anna Druden hatte den Kopf gesenkt, sie wollte nicht, dass man sie erkennt. Die meisten Passanten gingen nach ein paar neugierigen, teils auch verachtenden Blicken, weiter. Anna verspürte auf einmal einen starken Druck im Unterleib, sie wusste, dass sie ihren Urin nicht mehr lange aufhalten konnte. Sie kniff die Beine zusammen und versuchte an alles zu denken, außer daran, dass sie hoch nötig pinkeln musste. Von ihrem Peiniger war weit und breit nichts zu sehen, als wenn er sich in Luft aufgelöst hatte. Wieder und wieder blieben Passanten stehen, schätzten die Situation aber als Film-Szene ein. „Da stimmt doch was nicht!" entsetzte sich plötzlich eine junge Frau, die mit ihrem Mann vor Anna Druden stehen blieb. „Komm weiter, das Filmteam macht sicher gerade Pause", zog der Mann sie an ihrem Arm aus dem Blickfeld. Beide gingen weiter, die junge Frau drehte sich aber noch mehrmals um.

## Gefasst...

Okko Bruns schaute in Ditzum in jede Gasse. Die kleinen, beidseitig bebauten Straßen ließen diesen wunderschönen Fischerort ganz besonders malerisch aussehen. Bruns ging dabei vorsichtig um jede Ecke und jede Einfahrt herum und registrierte die Bewegungen dort. Mittlerweile war es dunkel geworden, die Temperaturen fielen gegen Null und Bruns bekam kalte Hände und Füße. Lennert hatte sich gerade noch gemeldet, auch er hatte Druden noch nicht gesehen. Ilka Pommer und Peter Jensen waren dazugestoßen und hatten die Fähre nach Petkum einmal hin- und hergefahren, um auch diese Möglichkeit auszuschließen. Druden schien wie vom Erdboden verschluckt. Lennert Jakobs schaute immer mal wieder nach dem Fahrzeug, aber es hatte sich nicht bewegt. Kriminalrätin Rossi rief ebenfalls alle halbe Stunde genervt an. Bruns war einfach nicht ran gegangen und hatte eine Antwort ausgesessen. Er entschied sich, zum Auto zurückzugehen und dort mit den drei anderen Beamten die weitere Vorgehensweise zu besprechen.

In diesem Moment kam eine Gestalt über die „Hühnerbrücke", eine Fußbrücke über das Ditzumer Sieltief, ins Dorf gelaufen. Die Gestalt ging mit schnellen Schritten, schien es sehr eilig zu haben. Bruns informierte die anderen Kollegen schnell über das Handy. Die Gestalt bog nach rechts Richtung Hafen und Werft in die Straße ein, an Bruns vorbei, der sich in einem Hauseingang versteckte. Die Gestalt sah Bruns in ihrer Hektik gar nicht. Bruns schaute um die Ecke der Mauer und folgte dem anderen langsam. Die Gestalt bewegte sich schnurstracks auf das abgestellte Fahrzeug am Hafen. Nun wusste Bruns, dass es sich um Hannes Druden handeln musste, er beschleunigte seinen Gang mit einem Sprint und war nun direkt hinter Druden. „Guten Abend Herr Druden, bitte bleiben Sie stehen! Mein Name ist Hauptkommissar Okko Bruns von der Kripo Leer, wir haben ein paar Fragen", forderte er Druden höflich auf. Druden drehte sich um und schaute mit erschrockenen Augen auf Bruns. In diesem Moment kamen auch die anderen Beamten aus verschiedenen Richtungen und stellten sich in einem Halbkreis um ihn auf. Druden schaute völlig verstört, in einem Moment der Panik wollte er nach hinten ausweichen. „Sie können nicht mehr flüchten, Herr Druden, geben Sie auf", wiederholte Bruns seine Aufforderung. Jakobs und Jensen zogen ihre Waffen. „He, Moment mal, das muss ein Missverständnis sein, ich habe doch gar nichts gemacht, was wollen Sie denn von mir?" stotterte Druden, der sich nun wieder gefangen hatte. „Legen Sie sich bitte mit dem Bauch auf den Boden und verschränken Ihre Hände auf dem Rücken, ich sage das nicht noch einmal", befahl ihm Bruns. Druden wollte noch etwas sagen, verzichtete aber wegen der auf ihn gerichteten Blicke der Beamten. Er legte sich auf den Boden und Ilka Pommer brachte die Handschellen an. Gemeinsam mit Peter Jensen zogen sie Druden wieder auf die Beine und brachten ihn zum Auto. „Würden Sie mir bitte sagen, was ich gemacht haben soll? Ich war hier in Ditzum nur um nachzudenken, ich habe doch niemandem etwas getan!" stammelte Druden. „Herr Druden, Sie stehen unter dem Verdacht, zwei Morde begangen zu haben und einen Mordversuch. Sie sind vorläufig festgenommen und können von Leer aus einen Anwalt anrufen. Lennert, klär ihn über seine

Rechte auf", antwortete Bruns knapp. „Mord? Ich? Wen denn und warum? Ich bringe doch keinen um, Sie spinnen ja!" entrüstete Druden sich nun und begriff so langsam seine Lage. „Ihre Frau hatte mit mehreren Männern ein Verhältnis, zwei sind nun tot und einer liegt schwer verletzt im Krankenhaus. Ich denke, die Verdachtsmomente sind ausreichend, oder was meinen Sie?" erklärte Lennert Jakobs, während Okko Bruns mit der Zentrale telefonierte und den Fahndungserfolg durchgab. „Sie meinen die Morde an meinen Vereinskollegen? Aber da hab ich doch nichts mit zu tun, sie waren doch langjährige Kollegen von mir. Und von einem Verhältnis weiß ich doch überhaupt nichts! Mann, mir fliegt gleich die Birne weg, ich weiß nicht mehr was ich denken soll, meine Frau hat kein Verhältnis, das wüsste ich doch!" begann Druden nun zu weinen. „Beruhigen Sie sich nun erst mal, wir klären das alles in Leer. Wenn Sie wirklich unschuldig sind, werden wir es herausfinden", versuchte Lennert Druden nun zu beruhigen und klärte ihn über seine Rechte auf. „Leda Vier hört", bestätigte Bruns kurz, „ah okay, das ist ja interessant. Ja, wir sind bald da, Leda Vier Ende", fuhr er fort. „Na, da schau mal an, die Rossi ist gar nicht so blöd", grinste Bruns und schaute Druden nun ernsthaft an. „Wieso? Was ist denn?" fragte Lennert. „Kriminalrätin Maria Rossi hat in ihrer unendlichen Intuition eine Hausdurchsuchung bei unserem Herrn Druden durchführen lassen und nun raten Sie mal, was in Ihrer Garage gefunden wurde, Herr Druden?" schaute Bruns ihn verachtend an. „Keine Ahnung, 'ne Panzerfaust, oder was weiß ich! Da stehen nur unsere Autos drin und mein Werkzeug", gab Druden trotzig zurück. „Nee, nicht ganz Herr Druden, nicht ganz. Wir haben ein Weihnachtsmannkostüm und eine Waffe gefunden. Tja, das verändert die Verdachtslage ja noch mal deutlich", gab Bruns zurück und stieg zufrieden ins Auto ein. Druden wurde auf den Rücksitz des Dienstwagens verfrachtet, er verstand die Welt und alles um sich herum nicht mehr.

## Der Blick in die grausame Vergangenheit...

Es war kalt an diesem Winterabend. Weener war wie ausgestorben, die Menschen saßen alle in ihren Stuben. Durch die Fenster sah Udo Vry einige Bewohner beim Schmücken ihrer Weihnachtsbäume. Glitzernde Kugeln, Lichterketten und bunte Sterne in vielen Fenstern der Häuser. So kurz vor Weihnachten schien Eile geboten, dachte er und lachte innerlich. Seine Frau und er mussten auch noch schmücken, aber ein bissel Zeit war ja noch. Nur keine Hektik. „Kummt Tied, kummt Rat", dachte er auf Plattdeutsch.
Vry hielt sich immer noch sehr gerne in Weener auf. Halt seine alte Heimat, bevor er mit seiner Frau nach Leer gezogen war. In Holthusen, einem

Stadtteil von Weener, hatte er Jahrzehnte gewohnt. Auch heute hatte er dort zuweilen zu tun, denn er besaß noch immer eine vermietete Immobilie. Die Haustürklingel war defekt und er hatte sie schnell wieder repariert. Seine Frau sollte ihn später in Weener abholen. Nun beschloss Vry aber erst mal, einen abschließenden Spaziergang durch die Altstadt zu machen, eben bis zum alten Hafen und zurück. Er ging hier gerne spazieren, ein gesunder Ausgleich, seitdem er auf Rente war. Bei der Georgskirche fielen ihm schon von weitem ein aufgestelltes Schild und ein Stativ auf. Vry beschleunigte seinen Gang, irgendwie hatte er ein komisches Gefühl, ein Grummeln in der Bauchgegend. Der alte Kaake-Bogen erinnert ja auch jedes Mal an einen grausamen Blick in die Vergangenheit. Kaum zu glauben, dass auch hier in Ostfriesland mit Menschen so umgegangen wurde. An den Pranger und dann zur Schau gestellt, ihm gruselte der Gedanke jedes Mal, wenn er hier vorbeikam.

Heute Abend war aber alles anders. Udo Vry traute seinen Augen nicht. Am Kaake-Bogen stand, wie im Mittelalter, eine Frau geknebelt und angekettet. Er las das Schild mit dem Hinweis auf Filmaufnahmen, schaute auf das Stativ mit der Kamera und schüttelte den Kopf. Vry schaute auf die Beine der Frau, das Schild mit der verachtenden Aufschrift um ihren Bauch, dann auf den nassen Boden und wusste instinktiv, dass hier etwas nicht stimmte. Zuletzt fiel sein Blick auf das Zählwerk an ihrem Fuß. Er griff in seine Tasche und zog sich den rechten Handschuh aus. Vry wählte den Notruf und schilderte seine Entdeckung. In einem sicheren Abstand wartete er am alten Friedhof auf die Einsatzkräfte der Polizei.

## Notruf Weener...

Ilka Pommer und Peter Jensen überquerten gerade die Jann-Berghaus-Brücke Richtung Leer, als der Notruf einging. Bruns und Jakobs waren mit dem festgenommenen Hannes Druden circa fünfhundert Meter vor ihnen.
„Leda Eins hört", antwortete Jensen. „Bitte fahren Sie sofort nach Weener zur Georgskirche, dort soll eine Frau an einem Torbogen gefesselt zusammengebrochen sein. RTW ist auch unterwegs", kam es aus dem Lautsprecher. „Leda Eins verstanden und Ende", gab Jensen zurück. Jensen verständigte Bruns und Ilka Pommer drehte in Leerort um und fuhr zurück Richtung Weener. Die Strecke zwischen Leer und Weener beträgt knapp sechzehn Kilometer und Ilka Pommer gab nun Gas.
„Zentrale für Leda Eins", kam es noch mal über den Lautsprecher. „Leda Eins hört", antwortete Jensen. „Wir haben eine Sprengstoff-Warnung in unmittelbarer Nähe der gefesselten Frau von einem Passanten gemeldet bekommen. Wir schicken das

SEK und einen Sprengstoffexperten als Unterstützung", kam ergänzend aus dem Lautsprecher.
„Leda Eins verstanden", gab Jensen zurück. „Das
wird ein langer Abend", stöhnte Pommer und
schaute Jensen enttäuscht an. „Denke ich auch,
wir sollten eigentlich schon längst auf dem Sofa
sitzen", grinste Jensen. „Sofa, was ist das?" grinste
Pommer zurück. Ilka bog in Weener in den Kreis-
verkehr ein und war nun kurz vor der Georgskirche.
Von weitem sah sie die Menschenmenge schon,
die sich mittlerweile dort angesammelt hatte. Ilka
parkte den Wagen in sicherer Entfernung und
beide zogen sich ihre Schutzwesten über.
„Gehen Sie bitte alle weg von der Gefahrenstelle,
weg hier, sofort", wies Ilka Pommer die Schau-
lustigen an. Einige machten Fotos und Videos mit
ihren Handys. Peter Jensen unterstützte Ilka und
sicherte den gesamten Bereich um den Kaake-
Bogen. „Ist ja fast wie im Mittelalter, geile Story, eh
Mann, dass ich so was mal erleben darf", grinste
ein groß gewachsener Typ Ilka an und lachte laut
auf. „Passen Sie mal lieber auf, dass ich Sie nicht
gleich in Ketten lege, dann gibt es hier noch mehr
zu schauen und zu lachen", griff Jensen in die Situation ein und schob den Typen grob vor sich her.
„Eh, was soll das? Wir sind ein freies Land, hier
darf ich stehen, wo ich will!" polterte er zurück. „Ich
sag Ihnen, wo Sie stehen, Sie stehen wegen
Behinderung einer polizeilichen Maßnahme mit

einem Bein im Knast, dann wissen Sie was Freiheit bedeutet!" Jensen wurde nun wütend, musste sich aber zügeln. Am liebsten hätte er dem Großkotz eine verpasst. Ilka ging vorsichtig auf die angekettete Frau zu, sie sah das Zählwerk und den Urin am Boden. Die Frau musste unendlich gelitten haben. „Wenn Sie mich hören können, nicken Sie bitte, ich bin von der Polizei", sprach sie Anna Druden an. Die Frau nickte leicht und Ilka war erst mal erleichtert. „Hören Sie, wir warten auf den Sprengstoffexperten, es wird alles gut, ich kann Ihnen gerade nicht helfen, wir müssen eben warten, aber Sie sind nicht alleine", Ilka hielt einen großzügigen Sicherheitsabstand zu Anna Druden ein. Druden nickte ein weiteres Mal und begann zu weinen. Sie hätte gerne etwas gesagt, doch der Knebel saß so fest, dass ihr sogar das Schlucken schwer fiel. „Es wird alles gut, alles gut, haben Sie ein wenig Geduld", wiederholte Ilka Pommer und zog sich wieder langsam zurück. Peter Jensen hatte kurz mit Udo Vry gesprochen, sich die Situation beim Entdecken erklären und die Personalien geben lassen. Auf die Frage nach einem möglichen Täter konnte Udo keine Antwort geben. Zum Zeitpunkt der Entdeckung war er alleine, weit und breit war niemand zu sehen. Die Zeit im Zählwerk war mittlerweile auf fünfzig Minuten geschrumpft. Oberkommissarin Ilka Pommer war das erste Mal so richtig verzweifelt. „Wo bleiben die denn, Mann,

wo bleibt der Sprengstoffexperte?" rief sie Jensen
zu.

## In der Falle…

Hannes Druden saß im Verhörraum der Kripo Leer
und wartete auf seinen Anwalt und das Verhör.
Bruns und Jakobs kamen in den Raum und setzten
sich ihm gegenüber. „So, Herr Druden, dann
wollen wir mal", begann Bruns das Verhör. „Wo waren Sie am 17.12 in der Zeit von fünfzehn bis
zweiundzwanzig Uhr und wer kann das bezeugen?" „Nun, hören Sie mir doch mal richtig zu,
Mann! Ich war seit zwei Wochen ständig in eigener
Sache unterwegs, wir planen zwei Mehrgenerationenhäuser in Hesel. Ich hab gar keine Zeit für
Tüdelkram mit meiner Frau oder wat anderes",
antwortete Druden wütend. „Wer ist denn wir, wen
meinen Sie damit und kann er das bezeugen?"
fragte Bruns weiter. „Ja, Mann, natürlich, klar kann
das jemand bezeugen. Ich plane das Haus zusammen mit meinem Freund, Hanno Blank. Der
war zwar nicht bei allen Besprechungen dabei,
aber er wusste, mit wem ich mich dann getroffen
habe, die können das dann aber jeweils bezeugen.
Mann, nun glauben Sie mir doch mal!" wütete
Druden weiter und hielt kurz inne. „Wollen Sie noch
etwas dazu sagen?" bohrte Bruns weiter. „Ich habe
mich in der letzten Zeit auch öfter mit einer Frau
getroffen, sie ist ebenfalls verheiratet und möchte

nicht genannt werden", gab Druden kleinlaut zu. „Also doch Tüdelkram", grinste Bruns leicht. „Na, ich hab Hanno halt ab und zu als Alibi benutzt, das wollte meine Frau nicht so gerne hören, darum haben wir uns heute auch gestritten, weil ich immer unterwegs bin und ihn vorgeschoben habe." Die Tür ging auf und Kriminalrätin Maria Rossi kam ohne anzuklopfen rein. „Ich übernehme dann mal, Herr Bruns, wir haben gerade die Handyauswertung von Herrn Druden bekommen. Er kann die Morde nicht begangen haben. Außerdem konnten wir mit Ingo Landers sprechen, er hat bestätigt, dass Druden das auf keinen Fall war, den hätte er sofort an der Stimme erkannt. Sie haben definitiv den Falschen!" platzte es aus Rossi heraus. „Sag ich doch die ganze Zeit, sag ich doch, Mann! Ihr habt den Falschen, ich bin doch kein Mörder, Mann!" wütete Druden nun wieder. „Aber wie kommt dann eine Waffe, die vermutlich die Tatwaffe sein wird und ein Weihnachtsmannkostüm in Ihre Garage?" hakte Jakobs nach. „Das wüsste ich auch gerne", untermalte Bruns die Frage. „Ich weiß es doch nicht, ich habe weder Waffe, noch Weihnachtsmannkostüm, kann ich nun gehen?" bat Druden. „Einen Moment noch, Herr Druden, dieser Hanno Blank, wo finden wir den?" fragte Bruns intuitiv. „Keine Ahnung wo er jetzt ist. Er bewohnt eine Mietwohnung von mir, ich habe sie ihm kostenlos gegeben, meistens ist er aber unterwegs", gab Druden zurück.

Bruns dachte nach, ihm ging der Hanno Blank nicht aus dem Kopf, aber wo war da die Verbindung zu Druden, was hätte er für ein Motiv gehabt? „Kann mir jetzt bitte mal jemand die Handschellen abnehmen, ich würde dann gerne gehen", bat Druden eindringlich. „Ja, natürlich Herr Druden, wir entschuldigen uns in aller Form bei Ihnen. Herr Bruns wird das sicherlich noch mal extra machen", schnippte Maria Rossi und schaute Bruns dabei hämisch an. „Ja, tut mir leid Herr Druden, sah wohl alles zu einfach aus, ich entschuldige mich in aller Form", sagte Bruns mit einem Hauch von Demut. Rossi nahm Druden die Handschellen ab, ließ ihn seine Aussage unterschreiben und öffnete ihm die Tür. Bruns senkte den Kopf und Jakobs hatte es für diesen Moment die Sprache verschlagen. Bruns winkte Jakobs, mit ihm den Raum zu verlassen. „Komm Lennert, wir machen uns nun erst mal einen frischen Ostfriesentee, wir müssen mal reden", munterte er Jakobs auf. „Ja, aber ich möchte noch zu Lana, ich habe es versprochen und es ist echt schon spät, Okko. Können wir das nicht morgen früh machen?" bat er Bruns. „Nix dorvan, nu word Arbeit", gab er auf Plattdeutsch zurück und zerrte Jakobs zu seinem Schreibtisch. „Nun pass mal auf Lennert, hör mir mal genau zu", begann Okko seinen Dialog. „Dieser Hanno Blank, der Freund von Druden, ich bekomme den nicht aus meinem Kopf. Schau, er kommt auf einmal in Drudens Leben, macht Dinge mit ihm zusammen, er weiß über die Drudens gut Bescheid, er weiß wann Druden nicht zu Hause ist, er kennt die Garage der Drudens und alles beginnt kurz nachdem die beiden aufeinanderstoßen. Was meinst du?" schaute Bruns Jakobs fragend an und schlürfte genüsslichen seinen Ostfriesentee. „Kann ich alles nachvollziehen. Aber wo ist das Motiv? Warum sollte er das machen?" gab Jakobs zurück. „Ich denke an eine Verbindung zwischen allen dreien, Lennert", überlegte Bruns. „Dann müsste Anna Druden auch eine Verbindung zu Hanno haben", warf Jakobs ein. „Genau, das könnte das fehlende Glied sein, wir fahren noch mal zu Frau Druden", bestimmte Okko über Lennerts Feierabend. „Och nee, nich heute Abend noch, Okko, morgen früh", bat Lennert. „Was du kannst ant Aavend besörgen, maak dat futt un nich ers mörgen", lachte Okko und zog an Lennerts Jacke.

## Das Finale genießen...

Der Blick nach draußen tat ihm gut, sehr, sehr gut. Er konnte genau beobachten, was sich gerade am Kaake-Bogen abspielte. Angekettet und vollgepisst stand sie an der rechten Seite des Bogens. Sie hatte den Kopf gesenkt, aus Scham, aufschauen wollte sie wohl nicht. Rund um den Bogen standen Polizisten und SEK-Beamte. Alles war mit großen

Scheinwerfern beleuchtet worden. Eine unglaubliche Inszenierung, auf die er mächtig stolz war.
Und die vielen neugierigen Menschen im sicheren
Abstand, so wie im Mittelalter, als hier, genau hier,
die Gesetzesbrecher angespuckt und bepöbelt
wurden. Er hatte hier die Lounge gebucht, ein
Zimmer eines kleinen Hotels direkt am Kaake-Bogen. Hier konnte er sein Werk und sein Finale genießen.

Die Beamten warteten auf die Entschärfung des
Zünders durch die Spezialkräfte und die Schau-
lustigen in sicherer Entfernung auf den großen
Knall. Eine Passantin lief hin und her und versuchte
den Beamten etwas zu erklären. Sie zeigte immer
wieder auf Anna Druden und zupfte am Ärmel des
Beamten, sie schien etwas zu wissen und wollte es
loswerden. Der Beamte schickte sie wieder zurück,
hinter die Absperrungen. Dann blieb er aber bei ihr
stehen.

Im Hotelzimmer genoss er derweil die sichtliche
Verzweiflung von Anna Druden am Pranger und
die gesamte Szenerie. Jetzt, ja jetzt, wo er das
große Finale eingeläutet hatte, ging ihm noch mal
alles durch den Kopf. Mit sechzehn Jahren hatte er
sie kennengelernt, sie waren sich sofort sympa-
thisch und dann schon nach kurzer Zeit ein Paar
geworden. Wie hatte er diese Frau geliebt, wie
hatte er sie begehrt. Als er dann für eine lange Zeit
in die Vereinigten Staaten musste, war sie es

gewesen, die nicht bereit war, mitzugehen, nicht bereit, ihm zu folgen. Sie hatten sich dann noch lange geschrieben, irgendwann waren ihre Briefe aber in immer größeren Abständen gekommen, bis irgendwann keiner mehr kam. Er hatte das akzeptiert, wenngleich er sie nie vergessen konnte. Als er dann vor einem Vierteljahr wieder zurück nach Deutschland kam, hatten sie sich durch Zufall im Julianenpark wiedergesehen. Sein Herz fuhr Achterbahn und er war von Neuem schockverliebt, oder eben immer noch, hatte es aber mit der Zeit vergessen, wie sehr. Und ja, sie tauschten ihre Nummern aus, ja, sie trafen sich und ja, sie schliefen miteinander, so wie in der Jugendzeit, nur eben viel intensiver. Zu Beginn hatte sie ihm noch Hoffnungen gemacht, er hatte sie dann irgendwann gebeten, sich von ihrem Mann zu trennen. Da hatte sie ihn ausgelacht und verspottet. Sie hatte ihm in drei Sätzen gesagt, dass er nur einer von mehreren wäre, die sie berühren durften. Nachdem er dann auch zufällig ihren Mann kennengelernt hatte, brach Anna den Kontakt zu ihm ganz ab. Nächtlang blieb er wach, unzählige Male hatte er versucht, sie anzurufen und zu treffen. Sie hatte alles abgblockt. Zunehmend war er wütender geworden, sein Hass auf sie und die anderen Liebhaber stiegen ins Unermessliche. Dann verwandelte er diesen Hass in einen fürchterlichen Plan. Er freundete sich mit Hannes Druden an, schrieb alles auf, beobachtete

Anna Druden auf Schritt und Tritt, traf auf ihre Liebhaber und konnte seiner Wut freien Lauf lassen.
Die Idee, das Weihnachtsmannkostüm und seine
amerikanische Waffe in der Garage von Druden zu
verstecken, war genauso genial, wie die Idee mit
der Schwanzflosse. „Den geilen Böcken den
Schw... abschneiden", das war zugleich die Inten-
tion der stinkenden Fischenden; bei den Opfern
einerseits, wie auch als Ablenkung auf einen Psy-
chopathen für die Bullen, anderseits. Sollten sie
doch grübeln und nach Psychos suchen. Hatte ja
bis jetzt gut geklappt. Ja, er war genial, er hatte an
alles gedacht, jeden Schritt gut geplant. Von seinem Hotelzimmer schaute er auf seine Theater-
Inszenierung und applaudierte sich selbst zu. Er
genoss es in vollen Zügen.
Und das Zählwerk an Annas Fuß zählte weiter
runter... 36...35...34.

## Hanno Blank...

„Okko, ihr müsst nach Weener, jetzt sofort, eine
Passantin hat Anna Druden erkannt, sie ist dort",
rief Frau Lohne durchs Büro, als Bruns und Jakobs
gerade nach Loga in die Wohnung von Anna
Druden fahren wollten. „Ist die Info sicher?" fragte
Bruns noch mal nach. „Ja, absolut, sie wurde von
einer Christa Vry erkannt, das passt", bestätigte
Lohne noch mal. Bruns und Jakobs rannten zum
Fahrzeug und starteten Richtung Weener. Über

Funk holten sie sich die Details zum aktuellen Stand dort. Jensen und Pommer waren sich ebenfalls sicher, dass Christa Vry die Frau erkannt hatte. Frau Vry wollte ihren Mann dort abholen, ihm war die Frau an der Kirche aufgefallen und er hatte die Polizei informiert.

„Wenn Anna Druden dort mit einem Zünder am Pranger steht, ist ihr Peiniger nicht weit davon entfernt, da bin ich mir sicher, er will eine Inszenierung", begann Bruns aufgeregt die Unterhaltung im Auto. „Aber wo soll er dort sein? Da ist doch nichts, wo soll er sich denn da verstecken? Er möchte dann doch auch sehen, was er angerichtet hat", erwiderte Jakobs. „Genau, das ist der Punkt, Lennert, genau das ist der Punkt", wiederholte Bruns mehrmals. Er ließ sich mit dem SEK verbinden und schilderte seine Vermutung. Der Typ musste irgendwo oben sitzen, damit er alles genau beobachten konnte. Kurz vor ihrem Eintreffen in Weener bekamen Bruns und Jakobs die Daten des kleinen Hotels gegenüber des Kaake-Bogen. „Das muss es sein, da wird er sitzen und es wird dieser Hanno Blank sein, glaube es mir, der hat was mit der Druden gehabt, oder hat noch was mit ihr", war sich Bruns sicher.

Die beiden kamen zügig am Kaake-Bogen an und stellten das Fahrzeug ab. „Moin zusammen, wer macht hier die Einsatzleitung?" begrüßte Bruns die anwesenden Beamten. „Moin Herr Bruns, mein

Name ist Lothar Ringel vom SEK-Einsatzkommando Oldenburg, ich leite den Einsatz", begrüßte Ringel die beiden Leeraner Beamten. Jetzt kamen auch Pommer und Jensen dazu und tauschten sich mit Bruns und Jakobs aus. Das Zählwerk des Zünders war auf sieben Minuten heruntergezählt und der Sprengstoffexperte bekam so langsam Schweißausbrüche. „Okay, sicher! Ich hab's, ich hab's, ist entschärft!" rief er auf einmal laut und stand auf. Das Zählwerk hörte augenblicklich auf zu zählen. Die Beamten des SEK schirmten den gesamten Bereich um Anna Druden im Halbbogen ab. Jensen und Pommer rannten durch die Absperrung und nah-men Anna Druden den Knebel aus dem Mund. „Frau Druden, alles ist gut, Sie sind in Sicherheit! Können Sie uns sagen wer das war und wo er ist?" fragte Ilka Pommer hastig. Anna Druden begann klagend zu schreien, sie konnte in diesem Moment, in dem all die Spannung und die Angst abfiel, nichts sagen. Sie begann immer wieder einen Satz, brach aber gleich wieder in einen klagenden Schreikrampf aus. „Frau Druden, versuchen Sie sich zu beruhigen, es ist alles vorbei! Aber wir müssen wissen, wer das war und wo er nun ist", wiederholte Pommer ihre Bitte. In diesem Moment sackte einer der SEK-Beamten in sich zusammen. Die anderen zogen sich blitz-schnell zurück und bildeten mit ihren Schilden einen Schutz um Anna Druden, Ilka Pommer und

Peter Jensen, dabei zogen sie ebenso blitzschnell den verletzten SEK-Beamten in den geschützten Bereich. „Da oben, da oben im Fenster, da sitzt er!" schrie Bruns. Die schemenhafte Silhouette der Gestalt war plötzlich nicht mehr zu sehen, aber Bruns und Jacobs rannten mit dem SEK zum kleinen Hotel. Die Rezeption war zu dieser Zeit nicht mehr besetzt, so konnten die Beamten nicht direkt ins Haus. Das Aufbrechen der Tür verzögerte den Zugriff und plötzlich raste ein Porsche 911 von einem Parkplatz auf die Straße. Er beschleunigte seine Fahrt rasend schnell durch die Straße in Richtung Alter Hafen. Bruns und Jakobs erreichten ihr Fahrzeug und nahmen die Verfolgung auf. Per Funk forderten sie einen Heli an. Jensen und Pommer befreiten Anna Druden und brachten sie zum RTW. Dort bekam Anna Druden sofort eine Beruhigungsspritze, sie bestätigte den Namen des Täters: Es war Hanno Blank. Hannes Druden, der Ehemann von Anna, war mittlerweile auch in Weener angekommen und nahm seine Frau dankbar und völlig aufgelöst in den Arm. Kein Wort des Vorwurfs, kein Wort einer Anklage. Er war einfach nur froh, sie wieder im Arm zu haben und beschloss in diesem Moment, seine eigene Affäre zu beenden, egal was auch immer kommen würde. Ja, sie würden vielleicht lange brauchen, wieder zusammenzufinden, aber es gab eine Chance, auf die er hoffte. Der angeschossene SEK Beamte saß schon im RTW und wurde versorgt. Er hatte sehr viel Glück gehabt, die Wucht des Schusses hatte ihn umgehauen, die Kugel saß noch in der Schutzweste. „Leda Eins für Leda Vier, bitte kommen", kam es aus dem Lautsprecher. „Leda Vier hört", gab Okko Bruns zurück. „Es handelt sich definitiv um Hanno Blank, Anna Druden hat das gerade bestätigt. Er war mal ihre alte Jugendliebe, sie haben sich vor ein paar Wochen wiedergesehen", wurde Bruns berichtet. „Alles klar, wir versuchen, ihn zu stellen, Leda Vier Ende", gab er zurück. Als Bruns und Jakobs über die Jann-Berghaus-Brücke kamen und rechts Richtung Leerort abbogen, bot sich den beiden ein grausames Bild: Der Porsche 911 hatte sich mit voller Wucht um einen alten Baum gewickelt, aus der Fahrertür hing ein Körper, der Körper von Hanno Blank. Seine rechte Hand war abgetrennt, der Armstumpf blutete. Hanno Blank hatte seine Bestimmung gefunden, in Leerort, hier an einem Baum. Sekunden später ging der Porsche in Flammen auf. „Das war dann wohl seine letzte Inszenierung", bemerkte Bruns und schaute Jakobs an. „Ja, nur diesmal ohne Publikum und ohne happy end", ergänzte Jakobs. „Ik bruk een Tass Tee, nu sofort", stöhnte Bruns. „Ik ok", stimmte Jakobs zu und die beiden Beamten leiteten alles Weitere ein.

**Ende**

# Epilog

Es war mittlerweile fast 23:00 Uhr und Lennert hatte sich noch nicht bei Lana gemeldet. Lana lag auf dem Sofa und war kurz eingenickt. Erschrocken wachte sie auf und schaute auf die Uhr. Sie kontrollierte ihr Handy. Keine Nachrichten, nichts. Lana ging in die Küche und setzte Teewasser auf. Eigentlich trank sie so spät keinen Tee mehr, aber heute war ihr danach. Durch das Pfeifen des Teekessels hätte sie fast die Türklingel überhört. Das konnte nur Lennert sein. Überglücklich machte sie die Tür auf und Lennert fiel ihr mit einem langen Kuss in die Arme. „Meine Güte, wo warst du denn solange? Ich hab mir schon Sorgen gemacht", küsste sie ihn wieder und wieder. „Oh Lana, das ist eine lange Geschichte, da müsste ich hier einziehen, um dir das alles zu erzählen", lachte Lennert und erwiderte Lanas Zärtlichkeiten. „Na, da warten wir dann noch eben mit, das war ja das Thema, worum es unter anderem auch ging", bremste sie ihn nun aber ganz lieb. „War auch nur ein Scherz Lana, ich hab dich jetzt verstanden, denke ich. Lass uns morgen reden, ich bin hundemüde" gähnte Lennert. „Komm doch bitte erst eben rein, ich hab Teewasser aufgesetzt, lass uns noch einen Tee trinken", zog Lana Lennert in den Flur. „Okay, noch eben eine Viertelstunde, dann gehe ich aber", stimmte Lennert zu. Lana ging in die Küche und bereitete den Tee vor. Lennert zog sich Schuhe und Jacke aus und verschwand im Wohnzimmer. „Möchtest du Kekse dazu, Lennert?" rief Lana aus der Küche. Keine Antwort. „Lennert! Möchtest du Kekse zum Tee?" rief sie noch mal. Wieder keine Antwort. Lana bekam Angst, Angst, dass Lennert schon wieder gegangen war. Sie rannte ins Wohnzimmer und lächelte erleichtert. Lennert lag auf dem Sofa und war sofort eingeschlafen. Lana dachte daran, dass es doch eigentlich sehr schön sein könnte, jeden Morgen neben Lennert aufzuwachen. Sie deckte ihn zu und ging ins Schlafzimmer. Morgen, ja, morgen wollte sie sich mit ihm aussprechen. Morgen sollten Entscheidungen getroffen werden. „Trennung von Bett und Tisch könnte auch manchmal heilsam sein", dachte sie, bevor sie lächelnd einschlief. Der Wecker klingelte gewohnheitsgemäß um sechs Uhr morgens bei Lana, heute sollte ein besonderer Tag werden. So kurz vor Weihnachten gab es noch ein Event in Jimmy's Altstadt Café, Lana wollte dort am späten Nachmittag zur Vorstellung des neuen Likörs Wolffs Glück von Wein Wolff. Dort wurde der neue Likör von Brennmeister Stefan Mennenga und dem Betriebsleiter Hans-Hermann Böse vorgestellt. Zwischendurch war Musik mit dem Timeless Trio aus Weener angesagt. Auch wenn Lana gerade keinen Alkohol trinken durfte, freute sie sich auf die gemeinsamen Stunden mit guten Freunden im

Café. Um siebzehn Uhr sollte es losgehen, und diese Verkostungen waren immer eine runde Veranstaltung. Sie öffnete langsam die Augen, streckte sich und schaute auf die leere Seite neben ihr. Lennert lag nicht dort, sie hatte insgeheim gedacht, dass er den Schritt vielleicht gewagt hätte, aber dazu hatte sie wohl zu viel Holz entzweit. Mit einem sportlichen Satz sprang sie aus dem Bett und verspürte ein leichtes Ziehen im Unterleib. Lana schenkte dem Schmerz keine Beachtung und ging ins Wohnzimmer. Lennert war schon weg, die Decke säuberlich zusammengenommen. Auf dem Tisch lag ein Zettel: *Sorry, ich bin gestern wohl gleich eingeschlafen, das wollte ich nicht, melde mich!Lennert*

Lana hätte sich gewünscht, dass er noch da gewesen wäre, sie wollte ihn fragen, ob er am Nachmittag mit zur Verkostung zu Jimmy geht. Sie ging ins Badezimmer und verspürte wieder dieses Ziehen im Unterleib. Als sie sich von der Toilette erhob, sah sie eine leichte Rotfärbung am Toilettenpapier. Lanas Alarmglocken versetzen sie augenblicklich in Panik, sie ging ins Wohnzimmer, griff nach ihrem Handy und wählte Lennerts Nummer. Lennert war noch im Auto und nahm sofort ab und hörte nur noch: Lennert, bitte, du, du musst sofort kommen, ich blute, ich glaube, es ist etwas Schlimmes passiert, ich habe Angst um unser Baby.... *to be continued*

## Danksagungen:

Liebe Freunde und liebe Protagonisten dieses Altstadtkrimis: Hiermit bedanke ich mich von ganzem Herzen bei allen, die mir bei diesem Krimi so sehr geholfen haben:

Bei meiner Freundin Sabrina Nikolic für ihre unermüdliche Geduld und für die Fotos.

Bei Stefan Bents für die wundervollen Zeichnungen.

Bei Silke Arends für ihre wundervolle Zeichnung.

Danke an die folgenden Personen, die ich als Protagonisten mit ihrem echten Namen verwenden durfte und die diesen Krimi so lebhaft und real gemacht haben, weil sie selbst ein Stück dieses Krimis geworden sind:

Bei der Weingroßhandlung Wein Wolff: Jan Wolff, Hans-Hermann Böse, Stefan Mennenga, Jessica Brinkmann und Stefanie Helbach, einfach für alles.

Bei Jimmy, von Jimmy's Altstadt Café.

Bei Ramona und Günter Zingel und ihrem Hund Sammy.

Bei Mareike Meyer mit ihrer Hündin Frieda.

Bei Tina Hensel.

Bei Christa und Udo Vry.


**Ein herzliches Dankeschön! Euer Siefke**

# Und wie geht es weiter?

Die Stimmung in Jimmy's Altstadt Café an diesem 21. Dezember war super. Die Band Timeless Trio aus Weener spielte alte Songs aus den Siebzigern, abwechselnd mit ein paar modernen Weihnachtsliedern.

Hans-Hermann Böse und Stefan Mennenga, beide Mitarbeiter bei Wein Wolff aus der Altstadt Leer, verteilten die Flaschen mit dem neuen Likör Wolffs Glück auf den Tischen.

Hauptkommissar Okko Bruns und seine Frau saßen gleich vorne am Fenster und schauten auf das Treiben in der Rathausstraße. Überall waren Menschen mit Einkaufstaschen unterwegs. „Weihnachten ist doch etwas ganz Besonderes", dachte Bruns und schaute seine Frau an. „Was ist denn los, Okko? Du schaust mich ja so komisch an" fragte sie. „Alles gut, ich freue mich halt auf Weihnachten und genieße diesen Abend mit dir", gab er zurück.

„Liebe Gäste", begann Hans-Hermann Böse seinen Vortrag. „Ihr habt ja schon alle von unserem neuen Likör Wolffs Glück gehört, heute möchten unser Brennmeister Stefan Mennenga und ich euch diesen edlen Tropfen vorstellen", fuhr er fort. Die Gäste applaudierten und das Timeless Trio spielte einen Tusch. „Der Wolffs Glück ist eine edle Mischung mit Kirschen, Heidelbeeren, Himbeeren und Apfel, abgerundet mit ……"

Die Eingangstür ging auf und der stadtbekannte Trunkenbold, Johann Duken, stürmte herein. „Moin, ik wull jo nich stören, aavers ant Water, up de Mulli, dor hangt well ant Mast, de is dood", stotterte er und unterbrach die Veranstaltung abrupt. „Was sagt der?" rief einer der zugezogenen Einwohner von Leer. „Er meint, es liegt jemand auf dem alten Fischkutter ‚Mulli' unten am Museumshafen und der ist tot", übersetzte ein Hiesiger, der mit der plattdeutschen Sprache gut vertraut war. Okko Bruns stand auf und ging auf Johann Duken zu. „Nun beruhigen Sie sich erst mal und erzählen mir die Geschichte noch mal draußen", so nahm Bruns ihn am Arm und begleitete ihn auf die Straße. Duken ließ sich aber nicht beruhigen, er zerrte an Bruns und forderte ihn auf, mitzukommen. „Du büst doch bi de Kriminalen, ik kenn di doch, nu koom her, kiek di dat an", drängelte Duken Bruns. „Ja, ich bin bei der Polizei und ich komme eben mit", versuchte Bruns ihn weiter zu beruhigen. Duken zog Bruns hinter sich her und überquerte die Königstraße zum Museumshafen. Zügig ging er auf den alten Fischkutter „Mulli" zu, der dort festvertäut am Ufer dümpelte. Dort angekommen, staunten beide nicht schlecht. Duken stand in einem Stück und schaute auf den Mast, da hing aber keiner. „Sind Sie sich sicher, dass da jemand am Mast gehangen hat?" fragte Bruns nun sichtlich verärgert. „Ja, Mann, ik bün doch nich blöd

in Kopp, ik hebb de doch seen, de was wiers dood",
wetterte Duken auf platt weiter.

Bruns ging ans Wasser und schaute auf die leich-
ten Wellen, die an diesem Abend an die Kaimauern
schwappten. Auch da war nichts von einer Leiche
zu sehen. „Haben Sie Alkohol getrunken?" fragte
Bruns. „Nee, Mann, ik bün klor as lis Water, ik hebb
niks drunken" brabbelte der vor sich hin. Bruns
wollte sich gerade wieder umdrehen und zu
Jimmy's zurückgehen, da sah er eine Gestalt auf
der Mulli, die aus der Kajüte kam. „He! Was
machen Sie da, bleiben Sie stehen!" rief Bruns,
aber die Gestalt sprang über die Reling und war
plötzlich im Wasser verschwunden… .

Liebe Freunde des Ostfrieslandkrimis und der
Altstadt Leer:
Das war ein kleiner Ausblick auf den dritten Altstadtkrimi Leer. Wieder mit realer Historie und regionalen Leckerbissen, mit Hauptkommissar Okko
Bruns, seinem Team, Lana und Lennert und vielen
mehr.

Euer Siefke

# Das Speckendicken Rezept (ideal für Waffeleisen)

Zutaten:

230 g Weizenmehl
90 g feines Buchweizenmehl
110 g feines Roggenmehl
450 ml Vollmilch (bei Bedarf etwas mehr)
2 Eier
2 EL Rübensirup
5-7 g Zimt
5-7 g Anis
5-7 g Kardamom
1 Prise Salz
Mettwurstscheiben
Bauchspeckscheiben

Zubereitung:

Weizen-, Roggen- und Buchweizenmehl vermengen, dann Milch und Eier zugeben. Mit dem Sirup alles vermengen. Den Teig über Nacht ruhen lassen. Waffeleisen vorheizen. Mit etwas Butterschmalz Ober- und Unterseite des Eisen einfetten. Drei kleine Scheiben Bauchspeck auf die Unterseite des Waffeleisens legen und ca. 1,5 Esslöffel

Teig, gut gehäuft auf die Speckscheiben geben. Darauf drei Mettwurstscheiben verteilen.
Gerät schließen und braun backen. Speckendicken heiß servieren.

**Guten Appetit**

# Anhang

## Wissenswertes zu Leerort

Leerort ist der kleinste Stadtteil der Stadt Leer und liegt am Zusammenfluss von Leda und Ems. Der Ort hat eine bedeutende Stellung in der ostfriesischen Geschichte. 1435 bauten die Hamburger die Festung, die dann ab 1453 von den ostfriesischen Grafen erweitert wurde. In der sächsischen Fehde konnte die Burganlage gegen die Belagerer aus Braunschweig gehalten werden. Nachdem ein Geschoss den Herzog Heinrich von Braunschweig tötete, ließen die Braunschweiger von der Festung ab und zogen sich zurück. Von 1611 an wurde die Burganlage dann von den niederländischen Generalstaaten bezogen. 1744 übernahm Preußen die Burganlage, die Niederländer zogen ab und zwischen 1754 und 1760 wurde die Burganlage dann abgerissen. Heute sieht man nur noch wenig Überreste der alten Anlage, das gesamte Deichvorland mit Deich ist aber ein begehrtes Ausflugsziel und ein wunderschöner Ort z. B. für Verliebte.
(Quelle: Wikipedia)

## Wissenswertes zu Meerwiefke

Der Name „Meerwiefke" ist plattdeutsch, steht für „Meerjungfrau", bezieht sich hier auf eine be-

stehende Skulptur am Leeraner Museumshafen, die von einem Leeraner Bildhauer gestaltet wurde. Sie ist ein echter Hingucker und ein beliebtes Fotomotiv. Gerade die Nähe zum Hafen und die hochwertige Machart der Skulptur fasziniert Einheimische und Touristen gleichermaßen.
(Quelle: Wikipedia)

## Wissenswertes über Weingroßhandel Wein Wolff

Das Haus „Samson", heute die Weingroßhandlung Wein Wolff in der Altstadt Leer, wurde um 1560/70 erbaut und 1622 zu großen Teilen von den Mansfeldern zerstört. Um 1643 kam das Haus in den Besitz der Familie Coop und wurde im Stil des niederländischen Klassizismus neu errichtet. Traditionell erhielten die niederländischen Häuser Namen und so wurde es Haus „Samson" genannt. Es symbolisiert wahrscheinlich Stärke. Noch heute schmückt ein Schild mit Samson, der einen Löwen bezwingt, die Fassade.

Nachdem das Haus zwischenzeitlich als Bäckerei und Gewürzhandel betrieben wurde, bezog Johann Gross, der 1800 die heutige Weinhandlung und Spirituosenfabrik gegründet hatte, im Jahre 1899 das Samson Haus. 1927 erwarb die Familie Gross dann das Samson Haus endgültig. Durch die Heirat von Johann Daniel Wolff und Cornelia Wilhelmine Gross bekam die Wein- und Spirituosenhandlung dann den Namen Wolff und somit begann dann die Erfolgsgeschichte dieser weit über die Grenzen Ostfrieslands hinaus bekannten Firma. Unzählige eigene Spirituosen entstehen, werden zu Bestsellern und neben dem großen Angebot an qualitativen Weinen, zu Verkaufsschlagern. Gerade das regionale Bekenntnis der Weingroßhandlung Wein Wolff macht dieses Unternehmen so erfolgreich.

Heute führt Jan Wolff als Geschäftsführer die Firma und kreiert mit seinen Mitarbeitern regelmäßig neue Spirituosen. Das Besondere an diesem Haus sind seine Architektur, die Innenausstattung und das private Museum im Obergeschoss. Die mit friesischen Kacheln liebevoll verzierten, urgemütlichen ehemaligen Wohnräume der Familie Wolff, bieten bei einer Besichtigung wunderschöne Einblicke in historische Zeiten. Ein Raum, die „alte Apotheke", dient noch immer zum Mischen der Kräuter für den „Philipp Greve-Stirnberg's Kräuterbitter Alter Schwede". Das Rezept dazu ist seit Generationen in der Familie Wolff und nur der jeweilige Inhaber mischt die Kräuter für den Brand. So schließt sich auch heute noch Jan Wolff in die Apotheke ein, um dort die Original-Kräutermischung zu erstellen.

Der Anblick der Räumlichkeiten im Museum versetzt den Besucher automatisch in eine verträumte Zeitreise und verzaubert ihn binnen weniger

Momente nach Betreten mit grandioser Faszination. Das „Samson" Haus ist heute neben dem Handel auch eines der begehrtesten Fotomodelle der Altstadt Leer. Es wurde zu Beginn 2007 in die gegründete „Hilke- und Fritz-Wolff-Stiftung" eingebracht. Auch das Museum wurde inkludiert. Die Stiftung dient dem Erhalt des Hauses,-seiner Sammlungen und anderer schutzwürdiger Baudenkmäler und Anlagen in Ostfriesland. Zudem können Heimatpflege, Kunst und Kultur durch sie gefördert werden. An der linke Ecke des Hauses, zum Wilhelmine Siefken Gang, ziert noch heute ein ganz besonderer historischer Gegenstand, den Blick. Dabei handelt es sich um einen sogenannten „Kratzstein". Der Kratzstein schützte die Mauerecke vor den abbiegenden Kutschrädern, die im späten Mittelalter, bis zur Erfindung des Automobils, gängiges Transportmittel waren. So wurde die Hausecke nicht berührt oder zerstört, der Abstand konnte mechanisch eingehalten werden, wenn der Kutscher sich beim Einbiegen mal verschätzte. Ein weiteres Highlight zeigt eine Verzierung und eine Inschrift an der Front des Hauses. Links unter dem Fenster ziert ein eingemauertes Wappen die Mauer, es ist ein Abbild eines Fisches mit einem Ring. Das Wappen begründet die Heirat von Friedrich Gross und Jakoba Edina, einer geborenen Visserring, darum der Fischerring als

appen. Auf der rechten Seite unter dem Fenster ziert ein alter friesischer Spruch die Mauer:
„Der ist weise und gelehrt, der alle Dinge zum Besten kehrt". Wo man also an und in diesem Gebäude auch hinschaut, befinden sich liebevolle Verzierungen und wahre Augenfreuden. Ein absolutes „Muss" für jeden Altstadt-Leer Besucher. (Quelle: Weingroßhandlung Wein Wolff)

**Wissenswertes über die Alte Waage Leer**
Die Alte Waage Leer am alten Handelshafen wurde 1714 als letzter Bau nach niederländischer klassizistischer Barock-Bauweise erstellt. Mit der Verleihung der Marktrechte an Leer wurde auch das Wiegerecht erteilt. Die reformierte Kirche in Leer sicherte sich dieses Recht und brachte die Waage zunächst in der St. Liudger Kirche im Glockenturm unter. Mit den Jahren verlagerte sich durch viele Glaubensflüchtlinge aus den Niederlanden immer mehr das wirtschaftliche Schaffen an den Hafen des Leda-Ufers.
1570 wurde die Waage somit an das Ufer verlegt. Aus einem zunächst einfachen Holzhaus wurde dann 1714, durch die neue Bauart, die heutige Waage. 1865 wurde das Wiegen-Monopol der reformierten Kirche aufgehoben und über das Königshaus Hannover an die Stadt Leer gegeben. Im Jahr 1921 wurde das Gebäude dann vom Verein für Heimatschutz und Heimatgeschichte,

die Waage, erworben. Das ist auch immer noch so. Die Waage ist heute ein sehr beliebtes Restaurant, gleichzeitig aber auch ein immer wieder gern gesehenes Fotoobjekt der Altstadt Leer. Angrenzend an den Vorplatz befindet sich der verträumte Museumshafen der Altstadt. Jedes Jahr zu Weihnachten findet an allen vier Adventssonntagen ein zusätzlicher Weihnachtsmarkt statt. Vereine und Institutionen der Stadt Leer und Umgebung bieten hier ihre Speisen, Getränke und allerlei Drumherum an. Zusätzlich befindet sich dort dann auch die Bühne für manche Auftritte von Gesangseinlagen und Vorträgen in der Weihnachtszeit.
(Quelle: Wikipedia)

## Der Isegrim von Wein Wolff

Der „Isegrim" von Wein Wolff ist genauso vielfältig wie das beschriebene Fabelwesen. Er besteht aus Barbados Rum, der in den Fässern über den Atlantik gebracht wurde. Mit Aromen von frischen, süßen Äpfeln über Feuer gegart, verbindet sich so insgesamt eine geschmackvolle Süße, die aber nicht präsent wirkt. Aromen von Vanille und Marzipan runden den Isegrim ab. Er liegt noch Minuten nach Genuss, wohltuend auf der Zunge. Er wird gerne zur kalten Jahreszeit getrunken und ist einer der Verkaufsschlager des Weingroßhandels Wein Wolff in Leer.
(Quelle: Weingroßhandlung Wein Wolff)

## Wissenswertes zum Plytenberg

Der Plytenberg in Leer ist ein Erdhügel am Ortsrand von Leer. Er ist etwa zwölf Meter hoch und hat eine Grundfläche von 62 mal 56 Meter. Vermutlich diente er im 15. Jahrhundert als Aussichtsfläche für die naheliegende Festung Leerort. Somit ist er eine der höchsten Erderhebungen in Ostfriesland. Umgeben von vielen alten Bäumen stellt er eine kleine gemütliche Parkanlage dar.

Über den Plytenberg gibt es verschiedene Sagen, die aber in keiner Weise sachlich fundiert sind. Zum einen vermutet man ein Wikingergrab, zum anderen die Grabstädte des Friesenhäuptlings Radbod. Auch die Heimat der sogenannten „Erdmantjes" (Erdmännchen) soll der Plytenberg nach einem modernen Märchen sein.

Durch archäologische Untersuchungen in den Neunzigern konnte aber keine der Sagen annähernd bestätigt werden und somit bleibt der Plytenberg in Leer immer noch ein kleines Rätsel. Heute wird er oft als Ziel von Spaziergängen genutzt. Am Ostermontag findet dort das sogenannte „Eiertrüllern" statt. Dann dürfen die Kinder ihre Ostereier den Hügel hinunterrollen lassen und rund um den Plytenberg finden kleine Aktion für Groß und Klein statt. Ein paar Stände mit Essen und Getränken runden das Familienfest am Plytenberg ab. Ein Besuch dort lohnt sich schon alleine wegen des Ausblicks oben vom Hügel.

Gerade die Sonnen-untergänge im Sommer lassen sich dort wunderbar festhalten.
(Quelle: Wikipedia)

## Der Speckendicken

Der Speckendicken, ein spezieller Eierkuchen, ist eine regionale Spezialität aus dem Ostfriesland und teils auch aus dem Groninger Land. Der Ursprung dieser vollwertigen Hauptmalzeit ist nicht genau verifiziert, es gibt aber Vermutungen, die besagen, dass er aus dem ostfriesischen Rheiderland kommt und dort zuerst beheimatet war. Der Speckendicken ist eine Eierkuchen-Speise mit Bauchspeck und Mettwurst, die hauptsächlich zum Jahreswechsel gegessen wird. Ursprünglich wurde er in Waffel ähnlichen Eisen mit langen Handläufen über offenem Feuer oder einem Ofen gebacken. Das Besondere an dem Speckendicken ist die Zusammensetzung. Der Teig besteht aus drei Getreidesorten, die mit Eiern, Rübensirup, verschiedenen Gewürzen und Milch vermengt werden. Der fertige Teig wird über Nacht kühl gestellt und dann am Folgetag gebacken und warm verspeist. Heute erfreut sich der Speckendicken immer noch einer breiten Zustimmung in Ostfriesland, teils wird er aber auch überregional angeboten. Wahlweise wird er in der Pfanne oder im Waffeleisen gebacken. Während die in der Pfanne gebratenen Speckendicken eher etwas fettiger sind, zeigt sich die im Waffeleisen gebackene Variante etwas trockener und leichter verdaulich. Viele Vereine und Institutionen backen diese Spezialität gerade auf Märkten, in Mühlen, Restaurants und Vereinslokalen, oder auch auf öffentlichen Veranstaltungen in Ostfriesland zum Jahreswechsel. In den letzten Jahren setzt sich die Waffeleisen-Variante immer mehr durch, die Zubereitung ist einfach und schnell gemacht. Zudem ist es auf Veranstaltungen auch einfacher, mit dem Waffeleisen zu backen.

## Wissenswertes zur Haneburg

Die Haneburg in Leer ist keine Häuptlingsburg, wie viele andere in der Region Ostfriesland. Sie wurde um 1570 als Herrenhaus von einem Drosten erstellt. Claes Frese war der letzte Drost von Leer, Hinte und Uttum. Im Nachgang kam die Haneburg in den Besitz der Familie Hane, daher auch der Name Haneburg. Joest Hane erweiterte den Bau, und 1671 wurde die Burg endgültig durch seinen Sohn Didrich Arend Hane vervollständigt. Im Jahre 1908 kaufte die Stadt Leer die Burg und nutzte sie für den Heimatschutzverein. 1920 kaufte der Heimatschutzverein die Burg von der Stadt Leer, die wiederum schon 1926 von ihrem Rückkaufsrecht Gebrauch machte.

Durch beide Kriege wurde die Haneburg mehrfach umfunktioniert, sie diente auch zeitweilig als

Altersheim. 1973 übernahm der Landkreis Leer die Burg und renovierte sie sehr umfangreich. Bis heute ist die Burg der Sitz der Volkshochschule Leer mit Seminarräumen und Verwaltungsstelle. Leider sind die historischen Merkmale der Innenräume nicht erhalten geblieben, aber der Burghof sowie die Parkanlage bieten eine wunderbare Möglichkeit für Spaziergänge und zum Verweilen. Einige Inschriften an der Burg und auch am Torbogen sind noch immer Zeitzeugen und vermitteln dem Besucher einen kurzweiligen Blick in die Vergangenheit der wunderschönen Anlage. Die Innenräume sind aber nicht öffentlich. (Quelle: Wikipedia)

## Wissenswertes zu Schloss Evenburg

Das Schloss Evenburg liegt im Stadtteil Loga in malerischer Umgebung mit einer großen Parkanlage und einem Café. Es wurde von 1642 - 1650 von einem Oberst Erhard Reichsfreiherr von Ehrentreuer erbaut. 1665 heiratete Gustav Wilhelm von Wedel dann die Tochter von Ehrentreuer, wodurch ein neues Lehen auf seinen Namen möglich wurde. Ihr jüngerer Sohn, Erhard Friedrich, übernahm das Schloss dann 1717. Über viele familiäre Verbindungen blieb das Schloss mehrere Jahrhunderte im Besitz der Familie von Wedel. Seit 1975 gehört es dem Landkreis Leer. Mehrere Sanierungen standen seitdem an. Heute finden in

dem im neugotischen Stil erbauten Schloss Trauungen, Führungen und kulturelle Veranstaltungen statt. Besonders erwähnenswert ist die Architektur des Schlosses und die wunderschöne Parkanlage rundherum. Schloss Evenburg, das als Wasserschloss erbaut wurde, wird umarmt von einem breiten Wassergraben. Überall in der Parkanlage gibt es Sitzmöglichkeiten und schon ein Spaziergang durch den Park fühlt sich wie ein Ausflug in grenzenloser Natur an. Alte Baumbestände, Blumenwiesen, Strauch- und Buschwerk in exzellenter, gepflegter Substanz. Das am Schloss gelegene Café lädt zudem zum Verweilen und Genießen ein. Der an das Schloss angrenzende Meyerhof, früher im Besitz der von Wedel, gehört heute einem landwirtschaftlichen Betrieb.
(Quelle: Wikipedia)


## Wissenswertes über Ditzum

Das malerische Fischerdorf Ditzum liegt in der Gemeinde Jemgum und verfügt noch heute über einen Sielhafen. Mit ca. 650 Einwohnern ist es das zweitgrößte Dorf der Gemeinde. 1624 wurde dort zum ersten Mal die Fischerei von Granat erwähnt. In der Häuptlingszeit in Ostfriesland war auch Ditzum der Sitz eines Häuptlings. So gab es ca. 1450 auch eine entsprechende Burg in Ditzum, 1464 aber wurde der Ort Teil der Reichsgrafschaft

Ostfriesland und somit endete die Zeit der eigenständigen Häuptlinge auch dort. Es folgten Zeiten der Zugehörigkeit zu Preußen, Emden, Ausgliederung an das Königreich Holland und dem Kaiserreich Frankreich. Nach einer Zeit der Zugehörigkeit zum Königreich Hannover wurde ganz Ostfriesland 1866 plötzlich wieder preußisch. Heute gehört der Fischerort Ditzum zum Landkreis Leer und somit zum Land Niedersachsen und ist ein sehr beliebter Urlaubsort mit kleinen Restaurants und Cafés. Sie laden zu Besinnlichkeit und gutem Essen und Trinken ein. Gerade die Bültjer Werft oder auch der Sielhafen sind sehr sehenswert, und die Fischerei ist auch heute noch das Hauptstandbein des Ortes. Besonders erwähnenswert ist natürlich auch der vorhandene Wasserweg von Ditzum nach Petkum. Eine Fährverbindung ermöglicht den Besuchern und Einwohnern tägliche Überfahrten. Gerade diese Verbindung und damit auch die Verbindung zur Seehafenstadt Emden, macht den Ort noch attraktiver. Ein Besuch des Fischerortes kann aus ganzem Herzen empfohlen werden. Es ist für viele einheimische Ostfriesen sowie für viele Urlauber, die einmal dort waren, einer der schönsten Orte Ostfrieslands. Abschließend gibt es in Ditzum eines der wenigen Buddelschiffmuseum, Ein Besuch dort lohnt sich immer. Ditzum, eine ostfriesische Perle.
(Quelle: Wikipedia)

# Der Kaake-Bogen in Weener

Die Kaake in Weener ist ein ehemaliger Markt- und Gerichtsplatz. Mit dem Kaake-Bogen vor der Georgskirche im Stadtzentrum wurde die weltliche und kirchliche Trennung sinnbildlich dargestellt. Er ist auch ein hinterer Zugang zur Georgskirche, die um 1230 erbaut wurde. Seit 1524 ist sie eine evangelisch-reformierte Kirche.

Der Kaake Bogen diente im Mittelalter auch als Pranger. An der rechten Seite des Bogens sind ein Befestigungsring und eine Art Eisen-Schäkel für die damals zur Schau gestellten Gesetzesbrecher. In Handhöhe ist ein Befestigungsring in der Mauer verankert und weiter oben eine Art Eisen, woran dann auch in Halshöhe gefesselt werden konnte. Besonders beeindruckend und wertvoll zeigt sich auch die prächtige Orgel der Georgskirche. Sie ist aus der Werkstatt von Arp Schnitger und zieht die Blicke magisch auf sich. Auch sehr bemerkenswert sind die alten Grabplatten der Priester aus der Zeit vor der Reformation sowie der alte Friedhof gegenüber mit seinen unzähligen historischen Gräbern, die teils noch sehr gut erhalten sind.

Insgesamt lohnt sich ein Besuch der schönen Stadt Weener immer. Historische Tafeln vermitteln Einblicke in die vergangene Zeit, das Heimatmuseum Weener Eindrücke in Leben und Wirken der Menschen aus dem Rheiderland, und der alte Hafen weist auf die Bedeutung der vergangenen industriellen Schifffahrt hin.

Das Fronehaus in Weener mit seiner wunderschönen Renaissancefassade lädt ebenso zum Verweilen ein, wie ein Blick auf die „Törfwieven" am Hafen. An der Stirnseite des alten Hafens in Weener wird an die schwere Arbeit des Torf-Laden mit einem Denkmal gedacht. Die „Törfwieven", zu hochdeutsch „Torffrauen" arbeiteten meist in einem Team und füllten die Torfkörbe für den Weitertransport auf Pferdefuhrwerke.

Bis zu achthundert Schiffe (Muttjes) legten im neunzehnten Jahrhundert in Weener jährlich mit Torf an. Die Törfwieven wurden per Handschlag von Torfaufsehern verpflichtet, genau zu laden. Das ganze Vorgehen wurde 1853 per „Torf Reglement" vom Gemeindeausschuss beschlossen. Weener selbst wurde auf einem alten Siedlungsgebiet des Geestrückens gegründet. Seit der Steinzeit war dieses Gebiet schon besiedelt. Seit dem frühen Mittelalter ist Weener ein fester Siedlungsort. Um 900 erstellten Mönche eine Holzkirche auf dem heutigen alten Friedhof. Die erste urkundliche Erwähnung des Ortes datiert auf 951. Das Stadtrecht bekam Weener allerdings erst sehr viel später, im Jahre 1929. Heute leben etwas mehr als 15.000 Einwohner in Weener. Die plattdeutsche Sprache ist in Weener noch weit verbreitet, zumindest bei Erwachsenen wird sie noch überwiegend gesprochen. Faszinierend daran ist der rheiderländische Dialekt, der sich mehr oder weniger deutlich von den umliegenden plattdeutschen Gebieten abgrenzt. Viele Begriffe oder Redensarten haben einen eigenen gesprochenen Charakter. So verstehen sich die plattdeutschen Regionen Ostfrieslands zwar überall, weisen jedoch klare, unterschiedliche Dialektformen auf. Weener war lange Zeit die Produktionsstätte der Ecks Kornbrennerei. Das Traditionsunternehmen stellte seine Kornbrände lange Zeit in Weener her. Ab Mitte der neunziger Jahre war dann Schluss und die Marke wurde verkauft. Noch heute sind die Produktionsanlagen und die Villa der Familie Ecks in Weener von der Straße aus zu sehen und lassen die einstige Bedeutung des Unternehmens für diese Region erahnen.

(Quelle: Wikipedia)

**Bisher erschienene Bücher von Siegfried Klock:**

Die Upstalsboom Trilogie unter Mitwirkung der Facebook Gruppe „Wi sünd Oostfressen un dat mit Stolt"

Teil 1: Häuptlings Tod am Upstalsboom
ISBN 9 783 751 982 894

Teil 2: Friesenschwur am Upstalsboom
ISBN 978 756 215 294

Teil 3: Heilige Linie Upstalsboom
ISBN 978 375 830 37 91

Wunnebaar Freesenland (Gedichtband in hoch- und plattdeutsch)
ISBN 978 375 571 32 89

Altstadtkrimi Leer
Das Vermächtnis der ostfriesischen Knüppeltorte
ISBN 978 376 930 18 85

Altstadtkrimi Leer
Wolffs Glück
ISBN 978 381 920 7754

## Zum Autor

Siegfried Klock wurde in Idafehn, in der Gemeinde Ostrhauderfehn, im Landkreis Leer geboren. Aus Liebe zur ostfriesischen Heimat und seinem Interesse an regionalen, historischen und aktuellen Themen und Begebenheiten, entstand die Leidenschaft fürs Schreiben und Dichten in hoch- und plattdeutscher Sprache.

In diesem zweiten Altstadtkrimi Leer würdigt der Autor unter anderem die Verdienste des Weingroßhandels Wein Wolff aus der Altstadt Leer. Wein Wolff sorgt für den historischen Erhalt des Samson Hauses, und seine Produkte stehen stets in einem regionalen Bezug zur ostfriesischen Heimat.